CHRISTINA GASSER

Die Zeit kennt alle Antworten

novum pro

Dieses Buch ist auch als e-book erhältlich.

Bibliografische Information
der Deutschen Nationalbibliothek:

Die Deutsche Nationalbibliothek
verzeichnet diese Publikation in
der Deutschen Nationalbibliografie.
Detaillierte bibliografische Daten
sind im Internet über
http://www.d-nb.de abrufbar.

Gedruckt in der Europäischen Union
auf umweltfreundlichem, chlor- und
säurefrei gebleichtem Papier.

© 2024 novum Verlag

ISBN 978-3-7116-0155-1
Lektorat: Mag. Birgit Amon
Umschlagfoto: Christina Gasser
Umschlaggestaltung, Layout & Satz:
novum Verlag

www.novumverlag.com

Druckprodukt mit finanziellem
Klimabeitrag
ClimatePartner.com/16547-2311-1001

Inhaltsverzeichnis

Das Leben

Glücklich sein verlangt in erster Linie,
Frieden zu schließen mit sich selbst.
(CG)

Sehnsüchte

Draußen war es grau und windig.

Seit Wochen verschleierte der Hochnebel das Sonnenlicht, wie eine schäbige Gardine, sobald ein heller Strahl es wagte, sich durch einen milchigen Spalt hindurchzumogeln.

Der Wetterbericht verhieß keine rasche Wende. Dem nebligen Morgen folgte auch heute ein trüber, feuchter Nachmittag, der in fahle Abendstunden mündete.

Er hatte es aufgegeben, trauerte dem sinkenden Novemberfreitag nicht nach.

Er hatte nichts unternommen, war nicht im Garten gewesen, auf keinem Spaziergang, hatte keinen Besuch empfangen und war besonders darüber froh, dass er keine unnötige und lästige Konversation mit der diskutierfreudigen Verwandtschaft hatte betreiben müssen. Ihm wurde jedes Mal übel, wenn ihm das süßliche Parfüm der Damen und das etwas zu strenge Rasierwasser der Herren in die Nase stach.

Heute gab es kein Schuhgewimmel, kein Händeschütteln, kein Schulterklopfen oder angestrengt amüsiertes Lächeln, keinen Anzug mit Krawatte, keine arrangierten Keksteller und keine gefüllten Kaffeetassen.

Ruhig war es geblieben.

Schon seit Mitte Oktober, und das war ihm recht.

»Hast du von Martin gehört? Er ist jetzt sechsfacher Großvater!«

»Meine Güte, seine Tochter ist ja ziemlich … fruchtbar.«

»Was ist eigentlich mit deiner Tochter, Toni? Noch keinen Mann gefunden?«

»Wie alt ist sie jetzt? Zweiunddreißig, vierunddreißig?«

»Siebenunddreißig. Verlobt, denke ich. Ich habe schon lange nicht mehr mit ihr gesprochen.«

»Das solltest du! Aber verlobt? Ach herrje, wer verlobt sich noch heutzutage?«

»Heiratet man überhaupt noch? Ist das modern?«

»Muss heiraten modern sein?«

»Unser Dominik zeigt null Interesse an Mädchen.«

»Schwul?«

»Nein. Das heißt … ich weiß es nicht genau. Er nennt sich jetzt non-binär«

»Was?«

»Verstehe ich auch nicht. Er will sich halt … nicht festlegen, denke ich.«

»Aha.«

»Was weiß ich … die jungen Leute, das ist nicht mehr unsere Welt, nicht wahr, Toni?«

»Scheint wohl so.«

Smalltalk strengte ihn an. Es war sinnloses Aneinanderreihen von Fragen, bei denen auch die Antworten kaum jemand mit Interesse erwartete.

Das ewige, sich hochschaukelnde Argumentieren, das Vergleichen, das Sich-Übertrumpfen, das Apportieren von Interessantem und das höfliche Räuspern, wenn dem Gegenüber etwas unangenehm wurde, das verlegene Biskuit-in-den-Mund-Schieben, damit man nicht antworten musste, und ständig dieser ekelhafte Gestank von dicken Zigarren, der Anblick vergessener Gläser, in denen manchmal ein kleiner Rest Cognac übrig blieb, weil ein Gast nicht zu schätzen wusste, mit welcher Anstrengung, Hingabe und Zeit das Honiggelb zur Vollendung gereift war. Cognac musste man erlesenen Menschen zu erlesener Zeit anbieten und in ebensolcher Vernunft sollte dem Genuss des Honiggelben die ihm gebührende Ehrfurcht folgen.

Die Welt war ihm zu schnell, zu laut, zu rabiat und vor allem zu oberflächlich geworden.

Er sehnte sich nach den alten Zeiten, nach Ordnung, Ruhe und Zuverlässigkeit.

»Was ist aus der Zeit geworden?«
   »Vergangenheit.«
   »Und was bringt die Zukunft?«
   »Sie ist noch nicht da, also lass uns nicht daran denken, Toni.«

Marianne und er heirateten, als sie vierundzwanzig wurde. Er war fünf Wochen zuvor siebenundzwanzig geworden. Tamara war unterwegs, ihre einzige und sehnlichst erwartete Tochter.

Es war keine einfache Zeit gewesen, sie besaßen und hatten nicht viel, außer einander. Doch ihm war das immer genug gewesen und Marianne ließ ihn mit ihrem liebevollen Umsorgen wissen, dass dem tatsächlich so war.

»Wo sind meine grau-blauen Socken, Schatz?«
   »Dort, wo sie immer sind. In der weißen Kommode. Erste Schublade, oben rechts.«
   »Hab sie gefunden! Sie hatten sich hinter dem dunkelblauen Paar versteckt.«
   »Sowas Freches!«
   »Ja, nicht wahr? Und weißt du vielleicht auch noch, wo ich meine Lesebrille habe liegen lassen?«
   »Gewiss, mein Schatz. Im Badezimmer.«
   »Stimmt, natürlich. Wenn ich dich nicht hätte!«
   »Dann müsstest du anfangen, auf deine Dinge besser aufzupassen, Toni! Laut Statistik verbringt man sein halbes Leben mit Suchen.«
   »Woher weißt du bloß solche Sachen, mein Schatz?«
   »Neugierde.«
   »Ohne dich bin ich ein Nichts.«
   »Das ist nicht wahr, Toni. Ein Mensch ist mehr als nur die Summe seiner Fehler oder Erfolge. Du bist noch immer du, auch wenn ich nicht mehr da bin.«

Marianne starb mit dreiundsiebzig. Seitdem wohnte er allein in einer Dreizimmerwohnung, im Parterre eines Fünffamilienhauses. Und obwohl immer jemand im Haus zu sein schien, war er doch allein.

»Nein, ich bin nichts ohne dich.«

Er rückte den Fernsehsessel zurecht und ließ sich darin nieder. Sein Körper versank im weichen Polster und seine Arme, die wie dürre Äste aus dem kurzärmligen Hemd ragten, baumelten über die Lehnen. Er griff nach der Fernbedienung, die auf dem Sofatischchen lag und drückte den Powerknopf, was ein crescendierendes Gemurmel auslöste. Damit begann der Fernseher zu leben.

Im Cheminée brannten anstatt Holzscheite fünf langhalsige, dicke Kerzen. Ihr Licht besänftigte und beruhigte, auch wenn es keine Wärme spendete. Dank der neuen Zentralheizung war das auch nicht notwendig.

Das aus der Wand hervortretende Cheminée hatte seinen Zweck als Blickfang im Dasein eines traditionsträchtigen Dekorationsstückes gefunden. Er genoss es besonders, dass durch die Zweckentfremdung des Cheminées die lästige Holzhackerei und das Ausbürsten des Aschebehälters hinfällig geworden war. Bequeme Gemütlichkeit blieb sein oberstes Gebot.

Er hatte sich in eine Talkshow eingeklinkt, schnappte Wörter wie *Öko-Steuer, zukunftsweisende Tendenzen* und *pragmatische Sanktionen* auf. Davon verstand er nichts und das Thema langweilte ihn rasch. Er stieß einen Seufzer aus, zappte zwei Kanäle weiter und blieb beim Spielfilm ‚*Die Katze auf dem heißen Blechdach*‘ hängen.

Wunderbarer Film. So viel Leidenschaft!

Er nestelte sich tiefer in den Sessel und blickte fiebrig auf den Bildschirm.

Den Streifen hatte er schon zig Mal gesehen, tauchte aber gerne ein weiteres Mal in die Geschichte ein, ließ sich gerne aufs Neue hineinsaugen.

Er liebte amerikanische Filme aus den Vierziger- und Fünfzigerjahren, vor allem ‚*Vom Winde verweht*‘. Das wusste aber niemand, schon gar nicht die tratschfreudige Verwandtschaft und nicht einmal seine Tochter. Dieser Film, das war etwas, das nur ihm gehörte.

Er liebte die Stärke der Protagonisten und die Attitüden der Hollywooddamen, für die er in Verehrung brannte. Er besaß

Videokassetten, die sich bereits zu Hunderten in der Stubenwohnwand stapelten. Er hatte die Filme akquiriert, sorgfältig alphabetisch geordnet, wusste um jedes Produktionsjahr, um Regisseure, Haupt- und Nebendarsteller. Alle waren sie in seinem Gedächtnis, die Geschichten, Gesichter, Namen, Zahlen und Sätze. Bezaubert, obsessiv und ferngesteuert sprach er den Text seiner Filmhelden synchron mit und trug ein unsichtbares Lächeln, wenn er in Humphrey Bogarts Casablanca-Rolle schlüpfte und verliebt in Ilsas Augen blickte.

Die auf Zelluloid gebannten Bilder warfen Sehnsüchte auf, die ihn nährten, beglückten und gleichsam betrübten. Er sah sich seine Filme zu jeder Tages- und Nachtzeit an. Das einzig Reelle, das wahre Leben, es musste in diesen Filmen stecken! Daran gab es keinen Zweifel. Die Geschichten waren echt, weil sie wahr waren, ein authentisches Abbild einer Zeit, die er so sehr vermisste.

Manchmal war es grausam, manchmal waren die Filme tragisch, traurig, manchmal poetisch, erquickend. Alle Lebensfacetten zeigten sich darin wieder.

Wie im richtigen Leben, nur übersichtlicher.

Schon seit geraumer Zeit fand er seine einzige Freude darin, sich dem Fernsehen zu widmen. Er hatte sich damit abgefunden, dass er etwas zugenommen hatte, weniger ansehnlich, weniger beweglich, alt geworden war und sich seine Wünsche nicht erfüllt hatten. Er hatte akzeptiert, dass er die Frau seines Lebens verloren hatte, dass er während seiner Berufstätigkeit niemals eine Lohnerhöhung erhalten hatte, dass das Geld zwar immer gereicht hatte, aber für Ferien nie etwas übriggeblieben war. Er hatte gelernt, sich mit Träumen zu begnügen, und stillte seine Sehnsüchte durch jene seiner Filmhelden. Nur in deren Wirklichkeiten, deren Emotionen und Gedankenwelten fühlte er sich noch wohl und lebendig. Das wahre Leben, *sein* Leben, es lag verschleiert, verborgen unter einem Erinnerungsstapel in seinem Hirn und war unwichtig geworden. Die Filmwelt, *das* war jetzt seine Welt.

Wie trügerisch und heimtückisch seine Sucht war, sich in einer Fantasie zu verlieren, hatte er nicht erkannt. Er hatte nicht bemerkt, wie die bittersüße Einsamkeit nach und nach in seine Knochen und in sein Innerstes gekrochen war, hatte nicht durchschaut, dass er selbst Teil einer Utopie geworden war – unnahbar, unfassbar, schwebend.

Er ähnelte in seiner Lethargie bereits jenen wächsernen Figuren, die man in Schaufenstern misstrauisch beäugt, unschlüssig darüber, ob sie tatsächlich Leben in sich tragen oder nicht, weil die eingefrorenen Züge unwirklich und gar ein bisschen unheimlich anmuten.

In seiner Brust pochte nur noch wenig Lebensenergie. Seine Glieder waren kraftlos geworden, seine Seele ermattet. Er hatte sich abgeschottet, sich damit unwissentlich und unbeabsichtigt dafür entschieden, die Zeit und das Kommende zu ignorieren.

Draußen wütete der Regen, klatschte ab und zu gegen die Scheiben, als wolle er ihn ins Hier und Jetzt zurückholen, als wolle er sagen: *Komm, steh auf, schau hinaus, das Leben tobt hier draußen!*

Doch die zugezogenen, weißen Gardinen tauchten die Stube in ein Dämmerlicht. Nur das Kerzenflackern und Flimmern, das aus dem Fernsehapparat in den Raum strahlte, durchbrach die Düsternis. So endete jeder Abend.

Für ihn spielte es keine Rolle, wie spät es war oder welcher Wochentag, welcher Monat geschrieben wurde. Das Wohnzimmer war Mittelpunkt seines Lebens. Es war zu einem Raum geworden, in dem sich alles abspielte: Hier nahm er seine Mahlzeiten ein, hier dachte er nach, hier ruhte er sich aus, hier lachte er, trauerte, hier schlief er ein und hier wachte er morgens wieder auf.

Seine Augen wichen keinen Moment vom Bildschirm. Sein Blick klebte an dem Apparat, der die ganze Welt in sich barg und Wahrheiten ausspie, die sich in all dem Schönen, allem Guten und Reinen vereinten, das er zu kennen und erkennen glaubte. Kaum einen Laut gab er von sich, nur das kurze, heisere Husten war ab und an zu vernehmen, nachdem sich sein Brustkorb beim Anflug eines Lachens rasch hob und senkte.

Der Film war längst zu Ende und im TV lief Werbung.

Er hatte es nicht bemerkt. Sein Blick haftete wie hypnotisiert am Bildschirm. Er sah Lichter und Farben, sah Landschaften, die sich erhoben, wölbten, erstreckten und teilten, in Wälder überflossen, in Straßen mündeten, in Dörfer und Städten endeten, mit Menschen belebt wurden, die sich unterhielten, sich begegneten, umarmten, küssten, stritten und sich wieder verließen.

Seine filmische Obsession hatte ein Eigenleben begonnen, setzte sich in seiner Fantasie fort und er nahm unbewusst Anteil daran. In diesem Augenblick *war* er inmitten dieser Landschaften, Wiesen, Wälder, Straßen, Dörfer und Städte, schwebte über Seen, Meere, Hügel und Berge, traf wunderbare und arglistige Menschen, die er begleitete, beobachtete und deren Schicksale in seinen Händen lagen. Er vermochte das Geschehen zu lenken und zu leiten, war Schöpfer, Beteiligter und Zuschauer zugleich.

Versunken und eingehüllt in eine bunte Welt aus Bildern, Gerüchen und Gefühlen, verharrte er in seinem Sessel, in regungsloser Haltung, und träumte vor sich hin. Dieses Hinübergleiten in *seine* Welt war ihm mehr als Befriedigung: Es war etwas Heiliges und das Eintauchen unausweichlich. Er liebte es. Man hatte alle Macht, war Gott und Teufel.

Und dann, in einem Moment des Erwachens, fühlte er den plötzlichen Schmerz.

Er kam schnell, heimtückisch, ohne Erbarmen.

Es machte ihm Angst, machte ihm Herzrasen, und dann krampfte es in seiner Brust.

Der Schmerz weitete sich aus, wie ein Feuer. Und das Schmerzfeuer loderte, flackerte, brannte, biss zu und ließ ihn atemlos zurück, mit weit aufgerissenen Augen.

Als ihn seine Tochter nach einigen Wochen endlich fand, weil er auf ihre Anrufe nicht reagiert hatte, wirkte es wie eine Szene aus einem traurigen, tragischen Film.

So erzählte man sich.

Das hätte ihm gefallen, hätte er geahnt, dass er einst selbst Mittelpunkt eines Dramas werden würde, worüber andere noch lange sprechen würden. Es hätte ihn amüsiert, dass es in der Zeitung stehen und dass man im Lokalfernsehen darüber berichten würde: von dem alten Mann, der während eines trüben Novemberwochenendes zu Hause still verstorben war, einzig begleitet von seinem Lieblingsfilm, den man im Videorekorder gefunden hatte:

Vom Winde verweht.

Die Liebe

Wer liebt, der lebt.
Nicht umgekehrt.
(CG)

Gezuckerte Zitrone

Judith war eine Frau mit Prinzipien und eine glühende An-hängerin wissenschaftlich fundierter Theorien. Sie liebte al-les Geordnete, Kontrollierbare und Verlässliche. Nicht wei-ter verwunderlich, dass sie Spontaneität für eine Krankheit und Menschen mit einem Bedürfnis nach Veränderungen für Schwächlinge hielt.

Doch manchmal verhält sich das Leben recht eigenartig und es kommt so, wie man es nie erwartet hätte. Esoterisch gese-hen hat gewiss jede Lebensphase mit diversen Lektionen ihre Berechtigung. Der Normalsterbliche versteht im Übrigen un-ter *Lektionen* alltägliche Schwierigkeiten, wie das Verlieren des Führerscheins, das Einziehen der Kreditkarte am Bankomaten, die Kündigung im Hassjob, das Verlassenwerden seitens des Le-benspartners, Todesfälle in der Familie et cetera.

Das eine ist vermutlich Schicksal, das andere der Lauf der Zeit.

Beides ist nicht beeinflussbar … zumindest redete sich das Judith mantramäßig ein, um ihrem Dasein einen philosophi-schen Hintergrund zu malen, was sich weitaus besser anfühlte, als sich einzugestehen, dass man im Leben eh nie alles haben kann, was man begehrt, und dass irgendwann ohnehin alles ein grausames Ende findet.

Das Leben ist nichts weiter als eine gezuckerte Zitrone!

Das neue Ritual, welches Judith allabendlich liebevoll vollzog, war seit Monaten dasselbe:

Sie setzte sich nach verrichteter Arbeit, selbstverständlich in einen adretten Pyjama gekleidet, vor den Computer, surfte mehr oder weniger ziellos durchs Internet, blieb auf irgendei-ner Seite oder im Facebook-Chat hängen, langweilte sich, logg-te sich wieder aus, stöberte in Online-Geschenkeshops, über-flog die neusten Promi-News, schwelgte bei Zalando und ärgerte sich im Endeffekt darüber, dass jene Bücher und Schuhe, die sie gerne gekauft hätte, das Monatsbudget definitiv gesprengt hätten. Sparen war angesagt.

Deshalb fuhr sie den Rechner missmutig herunter, fläzte sich vor den Fernseher und träumte bei einer Netflix-Serie mit einer Schachtel Mini-Mohrenköpfen von der großen Liebe.

Doch Verzeihung, *Mohrenköpfe* darf man ja nicht mehr sagen und ebenso wenig *Negerküsse*, wie die Deutschen sie zu nennen pflegten.

Politisch unkorrekt, so heißt es.

Aber wie soll man die Dinger denn sonst bezeichnen?

Afroamerikanische Süßspeise vielleicht?

Nein, klingt irgendwie lächerlich und zudem würde es eine falsche Assoziation bezüglich der lokalen Herkunft hervorrufen. Wie wäre hingegen die neue Umschreibung *süßer Eischnee auf rundem Biskuitboden, umhüllt von einem dunklen Schokoladenmantel?*

Trifft die Sache zwar kompliziert, aber zumindest recht genau.

Es bleibt jedoch die Frage, wie dieser geniale Name auf dem glänzenden Aluminiumpapierchen künftig Platz finden soll, das den *süßen Eischnee auf rundem Biskuitboden, umhüllt von einem dunklen Schokoladenmantel* umgibt. In der Tat, das wird die Aluminiumpapierchenhersteller vor ein schier unlösbares Problem stellen.

Nach dem siebten *Mini* übermannte Judith meistens das schlechte Gewissen. Sie schaute an sich herunter und erkannte mit Bestürzung, dass sich ihr der Körper nicht nur täglich, sondern vielmehr stündlich entfremdete und das Gewicht nicht weniger wurde. Die Hüften waren zu breit, der Bauch zu kugelig, die Brüste schmerzten und die Beine, naja, über die mochte sie gar nicht erst klagen. Frustration machte sich bemerkbar. Da musste zum Trost ein achter *süßer Eischnee auf rundem Biskuitboden, umhüllt von einem dunklen Schokoladenmantel* herhalten.

Egal!

Ist es nicht so, dass es Männer ohnehin lieber mögen, wenn sie bei einer Frau etwas zum Anfassen haben? Nett wäre es nur, dachte Judith, wenn ein Mann zugegen wäre, der *überhaupt* irgendetwas anfassen wollte! Aber die besten Männer waren bereits vergeben, die Emanzipierten ließen sich gar nicht erst auf eine Beziehung ein und die restlichen Männer, ja, wo waren die eigentlich? Saßen sie als passable Workaholics im Büro, konnte man sie in Bars, beim Rauchen in der Eingangshalle diverser Kinos, in gestylten In-Lokalen oder gar bei einer Vernissage antreffen? Nein, Letzteres wäre wohl zu viel verlangt.

Wenn Judith also zu vorgerückter Stunde in ihren gedanklichen Abgründen versank, rief garantiert eine Freundin an, fragte nach ihrem Befinden, ohne sich wirklich dafür zu interessieren, weil es ja Spannenderes gab als Judiths langweiliges Leben, und begann ihr ausführlich zu erklären, wie ungemein anspruchsvoll und zuweilen entnervend es sei, Kinder zu erziehen. Als Paradebeispiel nannte die liebe Freundin ihren Jüngsten, der kürzlich im Begriff gewesen sei, die halbe Wohnung abzufackeln, weil im Kindergarten gerade das Thema *Feuer* behandelt worden sei und die Kindergärtnerin erwähnt habe, dass man Feuer nur an geschützten Stellen und unter Aufsicht der Eltern machen dürfe. Das müsse der kleine Pascal irgendwie missverstanden haben.

Und dann klagte die gute Charlotte wieder über ihren Göttergatten, der, nachdem sie ihn wegen eines Seitensprungs mit einer Verkäuferin bei McDonald's vor die Tür gesetzt hatte, ihr versprochen habe, künftig die Finger von Fastfood zu lassen und somit auch von der Verkäuferin. Deshalb habe sie ihn wieder in ihr Bett gelassen und sei nun schwanger.

Das Leben ist fies und ungerecht!

Judith war nach solchen Telefonaten heilfroh, unverheiratet zu sein. Schließlich gab es genug Beziehungen, die wunderbar anfingen und am Ende dennoch unglücklich endeten, weil aus anfänglicher Sympathie und Zuneigung tatsächlich Leidenschaft entsprungen war, die eh alles verkompliziert hatte, weil das Gehirn auf einmal völlig fehlgeleitet war.

Gefühle sind wahrlich ein Phänomen, gänzlich losgelöst von gedanklicher Kontrolle, die ansonsten versucht, bei mehr oder minder großen gesellschaftlichen Anlässen Selbstbeherrschung zu üben. Verrückt ist es mit der Liebe! Man erliegt einst der Illusion, dass sie sich zu personifizieren vermag, dass man sie in einem ganz bestimmten Menschen wiederfindet, in den man sich verliebt. Doch das ist Täuschung, Vernebelung, Irreführung der Sinne! Die Hormone machen einen schwindelig, lullen einen ein. So erliegt man auf einmal einer fremden Aura, einem sprühenden Charme, der einen bezaubert und fesselt. Es ist jene Magie der, für andere Leute, unsichtbaren Genialität dieses einen, speziellen Menschen, der einen gänzlich liebeskrank werden lässt, und damit beginnt der Albtraum.

Coco Chanel soll einst gesagt haben: *Die Schönheit brauchen wir Frauen, damit die Männer uns lieben, die Dummheit, damit wir die Männer lieben.*

Zeigt es sich in der Tat derart simpel oder ist diese Betrachtungsweise zu klischeebehaftet, zu plakativ, zu oberflächlich? Sind Frauen wirklich naiv, wenn sie sich auf einen Mann einlassen, oder ist Liebe mehr als Herzklopfen, mehr als Begeisterung für ein adrettes Äußeres, mehr als Entzücken, mehr als hinsehen und durchdrehen?

Liebe ist die Hoffnung, etwas teilen und erleben zu dürfen, das die unsägliche Nüchternheit des stereotypen Alltags unterwandert und den Blick auf honiggezuckerte Momente lenkt. Liebe entwächst aus der anfänglichen Euphorie des Verliebtseins. Sie ist die innere Gewissheit, angenommen und unterstützt zu werden, angekommen und aufgehoben zu sein, ist Geborgenheit und Sicherheit, Vertrauen und Respekt, ist ein Gefühl des Getragenwerdens. Liebe bedeutet, bei jemandem *nach Hause* zu kommen, und wenn man diese Empfindungen mit einem Partner gleichermaßen spüren und leben darf, dann ist es ein Geschenk, das einen ganz werden lässt. Es ist so, als trüge man die Sonne in sich, so, als ob das Herz jedes Mal lächle, wenn man sich in der Gegenwart dieses einen speziellen Menschen befindet. Das sind jene Gedanken, die den romantischen Vorstellungen einer perfekten Partnerschaft entspringen. Aber gibt es sie überhaupt, diese überirdische, paradiesische Liebesbeziehung?

Judith war sich sicher, dass die Realität vollkommen anders aussah.

In Wahrheit ist es doch so, dass Frau, wenn sie ihrem Liebsten fern ist, selbst beim Zähneputzen, Müllentsorgen oder Beineenthaaren dauernd denkt, was *er* wohl in diesem Moment tut, ob *er* auch gerade an sie denkt, ober *er* sie vermisst, ob *er* sie überhaupt noch begehrt oder ob *er* schlimmstenfalls dazu neigen könnte, eine Affäre mit einer anderen anzufangen, weil *er* auf die WhatsApp-Nachricht schon zum wiederholten Male nicht geantwortet hat. Mit diesen und ähnlichen selbstzerfleischenden Fragen beginnt die Qual oder, je nachdem, setzt sich fort, denn Beziehungen sind eigentlich stets eine Qual.

Mädchen, egal aus welchem Blickwinkel man eine Beziehung betrachtet, in letzter und absoluter Konsequenz entwächst aus Verliebtheit tatsächlich Liebe, einfach so, aus heiterem Himmel, und Frau ist machtlos dagegen, selbst wenn sie ihr Leben ansonsten vollständig unter Kontrolle hat!

Abgesehen davon, dass sie hin und wieder dem *süßen Eischnee auf rundem Biskuitboden, umhüllt von einem dunklen Schokoladenmantel* erliege.

Diese Versuchung sei allerdings weitaus harmloser als jene, bei der es sich um einen Mann drehe, der einem ganz und gar den weiblichen Hormonhaushalt durcheinanderwirble, meint Judith.

Dieses zuckersüße Hochgefühl halte so lange an, bis die Leidenschaft allmählich abebbe, Zuneigung sich in Eifersucht und Misstrauen wende und das, was die Verliebtheit dankbar ignorierte, der Realität weiche – sprich, bis Frau wieder klarsähe. So stünden sich am Ende, also nach gut drei Monaten, zwei Menschen gegenüber, die so gar nichts mehr miteinander teilten, weil es während der ganzen Zeit nie zu einer wirklichen emotionalen Annäherung, Öffnung und Nähe gekommen sei. Außer beim Sex.

Ein weiteres Problem bestünde darin, dass viele Männer auf seltsame Art und Weise ein persönliches Trauma mit dem Reden an sich verbinden würden. Sie seien im Grunde die *Menschgewordene-Verschwiegenheit in Sachen seelischer Gefühlsregungen.*

Darum puste die emotionale Einsamkeit der Frau schlussendlich die letzten rosa Wölkchen beiseite und ließe erkennen, dass Liebe wahrlich blind machen könne.

Ein Glück, dass mir das nie passiert ist ... das mit der Liebe. So muss ich mich zurzeit, wie einige meiner gestressten Freundinnen, auch mit keinen Gören herumplagen und kann essen, so viel ich will, weil ich ja niemandem außer mir selbst gefallen muss. Genau, denn wer hat eigentlich festgelegt, dass die Idealmaße einer Frau 90-60-90 sein sollen?

Humbug!

In der Tat, eigentlich ist einer Frau an sich ein vollkommenes und schönes Leben geschenkt, wenn man nicht die hausbackenen und altmodischen Begriffe wie *alleinstehend*, sondern *ungebundene Single-Frau* verwendet oder sich nicht von *Alleinverdienerin* in Panik versetzen lässt, sich stattdessen vor Augen hält, dass Frau im Grunde zur *Self-made-Managerin* aufsteigen kann und außerdem nicht als *Einzelmieterin einer Zweieinhalb-Zimmer-Wohnung* gelten muss, sondern als *anspruchsvolle Checkerin der örtlichen Locations* wahrgenommen werden möchte.

Jedenfalls redete sich Judith das regelmäßig meditativ ein. Manchmal mehr, manchmal weniger erfolgreich. Und wenn sie dann die Schachtel mit den vierundzwanzig Minis – dem *süßen Eischnee auf rundem Biskuitboden, umhüllt von einem dunklen Schokoladenmantel* – vertilgt hatte, dann begab sie sich zu Bett, weil sie es nicht mehr ertragen konnte, die Selbstdisziplin wiederholt missachtet zu haben, die eigentlich hätte heißen sollen: Heute gibt es keinen *süßen Eischnee auf rundem Biskuitboden, umhüllt von einem dunklen Schokoladenmantel!* Deshalb beendete sie in solchen Augenblicken den Tag, löschte das Licht, kuschelte sich unter die Decke und träumte von einem Haus am Strand, lachenden Kindern, einem gutaussehenden Mann und einer Rosamunde-Pilcher-Stimmung.

Und am nächsten Morgen?

Da erwachte sie panisch und gehetzt, weil sie den Wecker wohl nach dem siebenundzwanzigsten Klingeln wieder nicht gehört hatte, sondern verschlafen hatte und sich beeilen musste, um noch rechtzeitig zur allmonatlichen Schwangerschaftsvorsorgeuntersuchung zu kommen.

Der Schmerz

Wer lügt, verrät zuweilen mehr über sich selbst,
als ihm in Wahrheit lieb ist.
(CG)

Todessünde

»Guten Abend, *Herr* Lehmann.«

Ein hoch gewachsener, schlanker Typ war aufgetaucht. Kein Kunde, ganz offensichtlich nicht. Er hatte anderes im Sinn. Eine Fastnachtsclown-Maske versteckte seine wahre Identität und eine Pistole lag bedrohlich in der Hand seines ausgestreckten Armes.

»Her mit der Kohle! *Alles,* was du hast!«

Lehmann war völlig perplex und sah den Räuber entgeistert an, der noch nähergekommen war und sich vor ihm aufpflanzte.

»Woher ... kennen Sie meinen Namen?«

»Steht auf deiner Uniform«, sagte der Clownstyp süffisant.

Lehmann schaute an sich herunter. Der Name war eingestickt, mit schwarzem Garn auf orangenem Stoff.

»Hörst du schlecht, Lehmann? *Geld* her!«, rief der Clown ungehaltener und fuchtelte mit seiner Waffe herum.

»Es ... ist kaum etwas da.«

»Verkaufst du mich für blöd, Lehmann?«, sagte der Bewaffnete. »Und untersteh dich, irgendeinen Alarmknopf zu drücken! Wenn du die Bullen rufst, dann erschieß' ich dich. Klar?!«

Lehmann nickte mechanisch.

Bilder von Fernsehsendungen flitzten durch seinen Kopf, Situationen, in denen genau das passiert war: Ein Bewaffneter war in ein Geschäft eingedrungen und hatte die Angestellten bedroht, erpresste Geld, schoss einer Frau in die Schulter, weil er die Waffe vorher noch nie benutzt hatte und Eindruck schinden oder beweisen wollte, dass mit ihm nicht zu spaßen war. Und nun stand ein ebensolcher Krimineller tatsächlich vor *ihm*, ein Clown, der ihn hämisch angrinste.

Ruhig bleiben, bloß keine hektischen Bewegungen machen!

Adrenalin setzte sich frei, peitschte ihn wach.

Reize den Clown nicht. Tu, was er sagt!

Lehmann stand nahe der Kasse und starrte den Maskierten mit einem Ausdruck von Angst und Abscheu an.

»Was *glotzt* du denn so?«, blaffte ihn der Bewaffnete an. »Pack endlich das Geld ein! *Beeilung*!«, drängte er und hielt Lehmann die Pistole dichter vor die Nase.

Das ist nicht wahr, das ist ... nicht echt!

»*Hallo-ooo*«, flötete der Clown, »Tankshop-Mann? Bist du taub oder einfach nur dämlich? Soll ich dir deinen Kopf wegschießen und mir das Geld selbst nehmen?«

»Nein ... nicht schießen, bitte! Legen Sie die Waffe weg ... lassen Sie uns reden.«

»Reden?«, unterbrach ihn der Maskierte. »Sehe ich aus, als ob ich Lust auf einen Gedankenaustausch hätte? Ich will nicht *reden*! Ich will die Kohle!«, schrie er.

»Kapierst du? Geld, G-E-L-D! Also halt die Klappe und tu endlich, was ich dir sage! Pack alles in diesen Plastiksack! Aber kein klimperndes Kleingeld, verstanden?«

Der Bewaffnete warf den Sack auf den Ladentisch, den Finger nervös am Pistolenabzug.

»Schon gut, schon gut«, lenkte Lehmann ein und versuchte, die Kasse zu öffnen.

Sie klemmte.

Lehmann machte sich umständlich an der sperrigen Schublade zu schaffen. Sie ließ sich nicht öffnen.

»Ich habe nicht den ganzen *Abend* Zeit, mach vorwärts!«

Der Maskierte trat von einem Fuß auf den anderen, sah sich dabei immer wieder nach allen Seiten um.

Lehmann schwitzte.

Er mühte sich mit dem Sicherheitssystem der Kasse ab und schaffte es, unter Anwendung von Gewalt, dass die Kasse aufsprang und ihren Inhalt freigab. Seine Hände zitterten, als er die Geldscheine in den Plastiksack stopfte. Er wollte den Maskierten so schnell wie möglich aus dem Laden haben.

»Was ist hier los?«

Der Maskierte drehte sich ruckartig um und erblickte einen jungen Mann hinter ihm, beladen mit einer großen Tüte Paprikachips, einer Literflasche Eistee und einem Säckchen mit Mandarinen.

»Bleib, wo du bist!«, mahnte Lehmann den Kunden. »Er will nur mein Geld! Kein Grund, etwas Unüberlegtes zu tun!«

»Halt endlich deine verdammte *Klappe*!«, donnerte der Bewaffnete und zielte mit der Pistole auf seine Brust, dass dieser erschrocken den Atem anhielt.

»Es ist nicht sehr klug, eine Tankstelle zu überfallen«, sagte der junge Mann, der nur noch ein paar Schritte vom Räuber entfernt stand. »Es gibt hier Kameras und andauernd kommen Leute vorbei. Geben Sie auf!«

»Es hat dich niemand um deine Meinung gebeten, Arschloch!« Der Bewaffnete deutete mit dem Pistolenlauf auf den Boden.

»Leg dich hin, wenn du am Leben bleiben willst, und schweig!«

Lehmann reichte dem Clown das eingepackte Geld.

Der Maskierte griff nach dem Plastikbeutel. Diese Sekunden nutzte der junge Mann, um sich schnell rückwärts zu bewegen, dem rettenden Ausgang entgegen.

Ein Rumpeln ließ ihn jedoch Sekunden später zusammenfahren: Er war gegen ein Regal gestoßen.

Der Maskierte wirbelte jäh herum.

»Versuch bloß nicht, Hilfe zu holen«, brüllte er, »sonst *knall'* ich dich ab! Ich mache *keinen* Spass!«

»Das sehe ich«, sagte der Angesprochene rasch. »Ich habe verstanden.«

»Das will ich hoffen, Clark Kent!«, schrie der Bewaffnete überreizt.

»Ich heiße Cedric.«

»Im Ernst? Superman heißt Cedric, nicht Clark Kent? Das ist mir neu.« Der Bewaffnete ließ ein kehliges Glucksen hören.

Er warf einen raschen Blick in die Plastiktasche.

»Ist das ein schlechter *Witz*? Das ist ja wohl nicht alles! Hast du mich nicht verstanden? Sprech ich undeutlich?«

»N-nein … das ist …«

»Na gut, pack die Münzen auch ein. Los!«

Lehmann leerte die Kasse.

»Komm her, *Cedric*. Ich will dich im Auge behalten. Wir wollen doch nicht, dass du den Laden hier durcheinanderbringst, nicht wahr?«

Der Räuber hatte bei seinem Spontanüberfall nicht einkalkuliert, dass sich außer dem Angestellten noch jemand im Laden aufhalten würde. Mit dieser unerwarteten Tatsache schien er eindeutig überfordert.

Er war kein Profi, das wurde immer deutlicher. Schlaue Kriminelle, Berufsverbrecher, planen sehr genau, sind minutiös in ihrer Vorbereitung, um das Risiko, erwischt zu werden, zu minimieren. Sie sind nicht nervös, sie sind souverän.

Dieser Überfall war eine Premiere.

Das machte den Mann so gefährlich.

Lehmann hörte deutlich das Keuchen des Maskierten und ahnte, was bevorstünde, sollte sich der Räuber weiterhin provoziert und bedrängt fühlen.

»Stell deine *Sachen* weg!«, wies der Bewaffnete Cedric an, der folglich tat, wie ihm geheißen wurde.

»Und jetzt leg dich *hier* auf den Boden!«

Unter dem besorgten Blick von Lehmann kam der junge Mann langsam näher, blieb eine Armlänge von der Theke entfernt stehen, kniete sich dort nieder und legte sich flach auf den Fußboden.

»Hände werden über dem *Kopf* gefaltet!«

Der Genötigte gehorchte.

Lehmann reichte dem Bewaffneten den Plastiksack erneut.

»Das wurde auch Zeit!«, blaffte ihn der Maskierte an und schnappte nach der Beute.

In diesem Moment packten ihn zwei Hände an den Beinen und rissen ihn zu Boden.

Die Überraschung war geglückt.

Der Clown ruderte wild mit den Armen, verlor das Gleichgewicht und fiel der Länge nach hin. Die Pistole flog durch die Luft, prallte auf den Fliesen auf und schlitterte unter ein Regal weg.

»Zur Hölle!«, keuchte der Entwaffnete, die Plastiktasche festgekrallt und versuchte, sich wütend aus dem Griff seines Angreifers zu befreien. Er strampelte, ruderte und trat nach allen Seiten.

Cedric stöhnte, als ihn ein Fuß im Gesicht traf.

Er hielt sich die Hand an die blutende, schmerzende Nase und ließ vom Räuber ab.

Der Clown robbte nach vorne und versuchte, seine Pistole unter dem Dosenregal hervorzuangeln.

»Rufen Sie die Polizei! Schnell!«, rief Cedric dem Mann zu, der noch immer wie angewurzelt hinter der Theke stand und nicht fassen konnte, welche Szenen sich in seinem Laden abspielten.

»*Telefon*! Los!«, drängte Cedric.

Die Aufforderung zeigte Wirkung.

Aus seiner Starre erlöst, stolperte Lehmann ins Hinterzimmer und begann zu telefonieren.

Ein Knall ließ ihn jedoch, kaum hatte er die Polizei informiert, zusammenzucken.

Lehmann stürzte in den Verkaufsraum zurück und fand Cedric Keller, der den Räuber zu Fall gebracht hatte, schwer atmend und rücklings auf dem Boden liegend.

Der Schütze hatte sich aus dem Staub gemacht.

Ein Röcheln, blutspuckendes Husten.

Cedrics Augen waren zugekniffen, die rechte Hand presste er gegen seinen Bauch, mit der anderen Hand hielt er ein Reststück weißer Schnur umklammert, die die Clownsmaske des Verbrechers gehalten hatte.

Lehmanns Beine versagten. Er sackte auf den Boden neben das Opfer nieder.

Planlos, ratlos, blickte er auf Cedric und sah Blut, das aus der Bauchwunde floss, das hellblaue Shirt zunehmend dunkel färbte, und auf dem Boden unter dem Verletzten eine sich stetig größer werdende, rote Lache bildete.

»Mein Gott«, krächzte Lehmann.

»Du musst durchhalten, Junge, hörst du?«

Cedric nickte.

»Nicht einschlafen! Die Polizei ist auf dem Weg. Du schaffst das, bestimmt!«

Ein Krankenwagen muss her ... ich muss einen Krankenwagen rufen!

Lehmann stand auf, etwas zu hastig. Ihm wurde schwarz vor Augen.

Er streckte den Arm aus, musste sich an einem Regal abstützen.

Sein Herz hämmerte so laut und heftig, als wolle es seine Brust sprengen.

»Ich rufe jetzt die Ambulanz«, keuchte er, erblasst.

»Hörst du, Junge? Die Ärzte sind in Nullkommanichts da und dann ... wird alles gut!«

Lehmann zog sich in die Senkrechte und taumelte ins Hinterzimmer.

Cedric war erschöpft.

Die Augen zu schwer, um sie offen zu halten. Die Anstrengung, gegen den Schmerz und die Schläfrigkeit anzukämpfen, trieb ihm den Schweiß aus allen Poren. Sein Oberkörper brannte, der Bauch erhitzt, die Wunde feurig, und sein Wille, wach zu bleiben, wandelte sich mehr und mehr in den Wunsch, nur noch zu schlafen. Bilder flossen nach und nach ineinander über, Umrisse wurden schwammig, neblig, das Atmen zunehmend anstrengender, drückender, flacher. Und auf einmal spürte er eine ungewöhnliche, unerwartete Leichtigkeit. Sie hob ihn an, wärmte, umarmte ihn. Ein sanftes Lächeln glitt flüchtig über sein Gesicht. Für einen kurzen Moment, bevor sich sein Kopf zur Seite neigte, der Atem abebbte, die Lider sich schlossen und Cedric hinwegglitt.

Als die Polizei eintraf, fand sie einen Toten, der in seinem Blut auf dem Fußboden lag und daneben hockte ein verzweifelter Ladenbesitzer, der gegen die Zeit gekämpft und verloren hatte.

»Es ist tragisch, wirklich ... tragisch!«, sagte der akkurat gekleidete Herr, der in der Tür stand und seinen Freund betrachtete, der im zweiten Stock eines modernen Hochhauses zum Fenster hinaussah und ihm den Rücken kehrte.

An der Wand, auf Augenhöhe links neben dem Türrahmen, war ein rechteckiges Schildchen mit der Gravur ›*August Keller, Rechtsanwalt*‹ angebracht worden, das darüber informierte, in wessen Büro man sich befand.

»Eigentlich dürfte ich gar nicht hier sein«, murmelte Ammann, schloss rasch die Tür hinter sich und machte ein paar Schritte auf Keller zu.

Die Stimmung war gedrückt und Ammann fiel es schwer, die passenden Worte zu finden.

»Wir konnten ihn nicht verurteilen, August«, sagte er vorsichtig. »Wir hatten leider … zu wenig Beweise.«

»Ja«, kommentierte Keller bitter und starrte auf die Straße hinunter, wo eine junge Mutter soeben ihren kleinen Sohn an der Hand über den Fußgängerstreifen führte.

Kellers Gesichtszüge wurden steinern.

»Hofer *ist* der Täter«, sagte er in einem Tonfall, der keinen Widerspruch duldete.

In Ammanns Gesicht waren Zweifel zu lesen und er war froh, dass er seinem Freund jetzt nicht in die Augen sehen musste.

»Glaube allein reicht nicht für eine Verurteilung«, entgegnete er sachlich.

»Ich *glaube* nicht, dass Hofer meinen Sohn getötet hat, Oliver. Ich *weiß* es!«

»Dein Wissen … reicht nicht für eine Verurteilung, August. *Beweise* machen jemandem zum Kriminellen.«

»Schlamperei!«, schimpfte Keller und seine Stimme überschlug sich.

»Du hast kein Recht …«

»Kein *Recht*? Ich habe *alles* Recht und *kenne* das Recht!«, unterbrach Keller polternd. »Aber was hatte man nicht? Fingerabdrücke!« Er schüttelte wütend den Kopf. »Das ist lächerlich! Und angeblich keine weiteren verwertbaren Indizien? *Schlamperei*, Herr Rechtsanwalt!«

»Ich bin dein Freund, August, nicht dein Feind. Und als dein Freund frage ich mich, ob du das hier objektiv beurteilen kannst.«

»Objektivität gibt es nicht. Es ist immer subjektiv, was wir beurteilen, denn es ist unsere eigene Sicht der Dinge. Wir sind keine Meta-Wesen.«

»Als Rechtsanwälte schon.«

»Pff«, schnaubte Keller verächtlich.

»Dann sag mir, August ... was hätten wir tun sollen?«

»Besser ermitteln, *verdammt* nochmal!«, polterte Keller und drehte sich abrupt um. In seinen Augen flackerte Zorn.

Ammann zupfte sich die Krawatte zurecht.

»Ich bin hier, weil du mein Freund bist ..., aber beleidigen lasse ich mich nicht. Du wirst unsachlich«, weiter kam er nicht. Kellers heiseres Lachen drang ihm durch Mark und Bein.

»Du willst mein *Freund* sein? Dann bring Hofer hinter Schloss und Riegel!«

»Wenn mir das möglich wäre, säße er bereits in Untersuchungshaft!«

»Ja«, sagte Keller schneidend, »es ist in der Tat eine Frage des *Könnens*! Dank *unfähiger* Ermittler und Juristen ist Hofer nämlich freigekommen! Vorsätzliche Tötung hätte ihn aber mindestens *fünf Jahre* kosten müssen!«

Ammann ließ sich nicht provozieren.

»Ich kenne dich, August. Misch dich nicht zu sehr in die Angelegenheit ein.«

»In die *Angelegenheit*?« Über Kellers Gesicht huschte ein dunkler Schatten, der Ammann bewusst machte, wie unglücklich seine Wortwahl gewesen war.

»Ich *bin* längst involviert, Oliver! Mein *Sohn* ist tot. Aber den Mörder werde ich gewiss nicht davonkommen lassen.«

»Überlege dir gut, was du tust, August! Setze nichts aufs Spiel, was dir selbst Probleme bringen könnte!«

»Das werd' ich nicht. Im Gegenteil. *Ich* werde beweisen, dass Hofer der Täter ist!«

Ammann bemühte sich, die spitze Bemerkung zu ignorieren.

»Der Fall ist dir nicht zugeteilt. Und das hat seine Gründe. Glaub mir, der Unfall hat auch *mir* Kopfzerbrechen bereitet!«, sagte er nachdrücklich.

»Unfall?«, sagte Keller mit solcher Abscheu, dass es Ammann die Nackenhaare aufstellte. »Hofer hatte *kein* wasserdichtes Alibi.«

»Das stimmt«, sagte Ammann, »und er räumte auch ein, dass er zur Tatzeit an besagtem Abend nicht zu Hause gewesen sei. Er behauptet aber, sich mit einem Freund getroffen zu haben und erst gegen halb elf heimgegangen zu sein. Hofers Freund stützte die Aussage glaubhaft.«

»Natürlich tut er das.« Keller starrte wieder durchs Fenster auf die Straße hinunter.

»Hofer ist der *einzige* Verdächtige. Ich lasse ihn nicht gewinnen.«

»Du glaubst, es geht hier tatsächlich nur ums Gewinnen? Das klingt, als wäre es ein Spiel.«

»Ja, ein *Spiel*«, wiederholte Keller düster. Er drehte sich um, sah seinen Kollegen fordernd an.

»Was glaubst du, wer das Spiel gewinnt?«

»August … wir *vertreten* das Recht, wir biegen es vielleicht manchmal zurecht, aber wir stehen nicht *über* dem Gesetz.«

»Hofer und sein *sauberer* Komplize haben doch gelogen!«, dröhnte Keller.

Ammann zuckte unweigerlich zusammen.

Keller räusperte sich.

Derartige Gefühlsausbrüche waren ihm bislang nicht eigen gewesen. Er galt als beherrscht, eher unterkühlt. Doch Zorn war entfesselt worden. Eine neue, unbekannte Seite war in ihm aufgebrochen, die in Kauf nahm, dass er öffentlich die Selbstkontrolle verlor. Das war ihm unheimlich und merkwürdigerweise gleichgültig zugleich.

Keller ballte die Hände zu Fäusten und steckte sie in die Hosentaschen seines wohlgebügelten Anzugs.

Erleichterung machte sich bei Ammann bemerkbar.

»Wo ist eigentlich die Beute?«

»Verschwunden. Viel scheint es nicht gewesen zu sein. Vielleicht ein paar Hundert Franken. Das Geld wurde jedenfalls weder bei Hofer noch bei seinem Freund gefunden.«

»Dann hat er es irgendwo versteckt.«

Ammann schwieg. Zwecklos, zu widersprechen.

»Augenzeugen?«

»Hofers Vermieterin trat nebst dem Tankshopbesitzer als einzige Zeugin auf.«

»Ist mir bekannt«, sagte Keller und wandte sich wieder dem Fenster zu.

»Lehmann konnte sich kaum noch an etwas erinnern.«

Kellers Haltung wurde steinern.

»Die Aussage von beiden war nicht besonders hilfreich. *Er* konnte den Räuber nicht deutlich beschreiben, wusste nur noch, dass der Räuber eine Clownsmaske getragen und eine eher junge, hohe Stimme gehabt hatte. *Sie* zu befragen war notwendige Pflicht, brachte aber keine bedeutsamen Erkenntnisse.«

»Natürlich nicht«, murmelte Keller.

»Sie hat nichts gesehen und kein verdächtiges Verhalten bemerkt«, fuhr Ammann fort. »Sie *glaubte,* lediglich gegen Viertel nach elf jemanden gehört zu haben, der die Außentreppe zum zweiten Stock hochlief. Zweifamilienhaus.«

»Ja, ich kenne das Quartier«, sagte Keller mit düsterem Unterton.

»Hofer wohnt seit einem Dreivierteljahr dort. Viertel nach elf, das würde zeitlich passen, macht Hofer aber nicht zwangsläufig zum Dieb und Täter, geschweige denn zum Totschläger oder Mörder.«

»Er kommt aus reichem Elternhaus. *Hofer Engineering.*«

»Ja, kultivierte Leute.«

»Mit einem *Mörder* in der Familie!«, sagte Keller gehässig, lockerte sich die Krawatte und ging zu seinem Schreibtisch.

»Warum sollte Hofer das tun? Eine Tankstelle überfallen?«, sagte Ammann nachdenklich. »Das ist doch unter seiner Würde. Er hat genug Geld. Seine Familie ist reich, er verdient gut.«

»Es ist der *Reiz*, Oliver. Nicht die Notwendigkeit von Geld.«

Ammann sah seinen Freund mitleidvoll an. Er wurde den Eindruck nicht los, dass er sich in etwas verbiss, das für alle schrecklich enden würde.

»Ich frage mich, woher er die Waffe hatte«, sagte Keller, nicht ahnend, dass sein Gegenüber aufrichtig bedauerte, ihn nicht zur Akzeptanz führen zu können, dass ein Unfall ihm den Sohn genommen hatte. Keller war ein ehrgeiziger Mann und ein noch ehrgeizigerer Rechtsanwalt. Ammann wusste, dass er alles versuchen würde, um das Ungeklärte aufzudecken.

Keller hob den Aktenberg an, der sich auf der linken Seite seines Schreibtisches stapelte, klappte eine graue Mappe auf und las.

»Niemand käme auf die Idee, dass das makellose Bürschchen eine kriminelle Ader hat, nicht wahr?«, sagte er mit einem Grinsen, dass in Ammann eisiges Unbehagen hochkroch.

»Es passt nicht, August.«

»Es passt sehr wohl«, versicherte Keller.

Ammann hob die Augenbrauen. Er seufzte.

»Nun ja … Pech, dass es an der Tankstelle keine funktionierenden Überwachungskameras gab.«

»Ja, so ein Pech«, wiederholte Keller heuchelnd, jedes Wort dehnend und langsam gesprochen.

Ammann tat so, als habe er die spitze Bemerkung nicht gehört und wischte sich imaginäre Fussel vom tadellos sitzenden Anzug.

»Und die Waffe?«, fragte Keller knapp.

»Bislang unauffindbar. Hofer hat jedenfalls keinen Waffenschein.«

»Ein höfliches, friedfertiges Bürschchen, was?« Keller schüttelte angewidert den Kopf. »Alles geplant und kaltschnäuzig ausgeführt!«, schnaubte er, wandte sich wieder ab, stellte sich vor die große Fensterfront und sah auf die verkehrsreiche Straße hinunter. Seine Haltung wirkte statuenhaft und die Wangenknochen traten spitz hervor.

»Scheint ganz so, als hätte Hofer einen *guten* Anwalt engagiert«, sagte Keller bitter.

»Nun ja, Georg Stadler hat ihn vertreten«, fügte Ammann tonlos hinzu. Er hatte Kellers Seitenhieb verstanden, sein Stolz ließ jedoch keine offensichtliche Kränkung zu.

»Wie ich schon sagte, der Ladenbesitzer Pius Lehmann konnte Hofer nicht zweifelsfrei als Täter identifizieren.«

Keller schlug mit der Faust so hart gegen die Fensterscheibe, dass sie erzitterte.

»Es tut mir wirklich leid, August … wirklich«, sagte Ammann. »Aber … es ist vorbei.«

Er legte seinem Freund für einen kurzen Moment die Hand auf die Schulter, drehte sich um und verließ das Büro.

Als Gideon Hofer sich dafür entschied, Architekt zu werden, zog er aus der elterlichen Villa aus und wählte eine moderne Wohnung in einem schmucken Zweifamilienhaus im Stadtzentrum.

Über die Miete des Lofts brauchte er sich keine Gedanken zu machen, denn seine Eltern übernahmen die Kosten gerne, weil er die Matura als Jahrgangsbester bestanden und gleichzeitig als beliebtester Schüler die Schule beendet hatte. Auf zuvorkommendes Personal galt es für Gideon künftig zu verzichten, was ihn aber keineswegs störte, denn von seinem neuen Zuhause aus waren es nur wenige Gehminuten bis zum nächsten Fitnesscenter und zum Sushi-Restaurant.

Wie fast jeden Abend kam Hofer erst nach Mitternacht heim und stolperte die Stufen hoch. Er war müde, hatte etwas zu viel getrunken und wollte gleich ins Bett. Der brummende Schädel und die vorgerückte Abendstunde machten es ihm schwer, auf Anhieb das Schlüsselloch zu treffen. Er war aber zu faul, um die Taschenlampe seines Handys einzuschalten, und werkelte mit dem Schlüssel am Schloss herum.

Als er endlich eintrat und im Flur Jacke und Schuhe abstülpte, fiel sein Blick auf die Wohnzimmertür, die einen Spalt offenstand. Ein Lichtschein malte einen Streifen auf dem Boden und lockte ihn näher.

Hofer wunderte sich nicht darüber. Er vergaß ständig, das Licht zu löschen, Radio und Fernseher auszuschalten oder das Fenster zu schließen.

Er wankte in die Stube hinein und wollte die Lampe ausknipsen, als ihn jemand unsanft an den Schultern packte.

»Keinen Mucks, hast du verstanden?«, befahl die flüsternde Stimme hinter ihm.

Hofer nickte heftig. Nun war er auf einmal hellwach.

Der Fremde drehte ihm beide Arme auf den Rücken, legte ihm Handschellen an, schubste ihn in einen Sessel und stand ihm breitbeinig gegenüber. Der Schein der Ständerlampe ließ ein Gesicht erkennen, das Hofer nicht unbekannt war.

»Rechtsanwalt Keller!« Mit diesem Besuch hatte er nicht gerechnet. »Wie sind Sie in meine Wohnung gekommen?«

»Oh, das war nicht weiter schwierig«, sagte Keller süffisant. »Du warst doch erst kürzlich Hauptverdächtiger in einem Mordfall, und als ich deiner Vermieterin erklärt habe, dass noch einmal Spurensuche betrieben werden müsse, hat sie mich sofort in die Wohnung gelassen. Als Verwalterin dieses Gebäudes hat sie natürlich einen Zweitschlüssel. Eine sehr hilfsbereite Person. Was man von *dir* nicht behaupten kann!«

Der Tonfall des Anwalts gefiel Hofer ganz und gar nicht. Kellers Anwesenheit war nicht das, was er sich unter einer netten Visite vorstellte. Er betrachtete den Juristen misstrauisch und Bilder der polizeilichen Befragungen wurden wieder wach.

»Was wollen Sie von mir?«

»Was ich hier will? Kannst du dir das nicht denken?« Keller blickte ihn mit kalten Augen an.

»Nein. Ich habe keine Ahnung.«

»Lügner!«, schnaubte Keller. »Typen wie *du* glauben wohl, dass sie sich mit ihrem Geld alles kaufen können. Selbst einen Freispruch, nicht wahr?« Kellers stechender Blick traf Hofer bis ins Mark.

»Ich sage dir, was ich hier will, Bürschchen. Ich will, dass du die *Wahrheit* sagst. Ich will, dass du gestehst!«

»Gestehen? Was denn?«

»Dass du meinen Sohn *ermordet* hast!«

»Was? Wen? Sie sind ja verrückt!«

»Keineswegs.« Keller schaute sein Gegenüber eindringlich an.

»Das war ich nicht«, beteuerte Hofer. »Ich ... war an dem Abend gar nicht an der Tankstelle.«

»Lügner!«, brüllte Keller.

Hofer schauderte ob der Stimmgewalt des Anwalts und drückte sich tiefer in den Sessel.

»Ich ... wurde freigelassen«, sagte er. »Es ist vorbei!«

»Es ist vorbei, wenn *ich* sage, dass es vorbei ist! Fehlurteile kommen bedauerlicherweise vor. Wir werden den Fall neu aufrollen. Das ist gar kein Problem.«

Hofer spürte einen Kloß im Hals. Nervös rutschte er auf dem Sessel hin und her.

»Warum hast du ihn getötet, hm?«, fragte August Keller mit gebrochener Stimme. »Sag mir warum?« Er hatte sich weit nach vorn gebeugt und blickte Hofer direkt in die Augen.

Der Bedrängte wagte nicht, zu blinzeln. Er fühlte, wie ihm die Hitze in den Kopf schoss.

»Ich ... ehm, also ...«

»Wag es *ja* nicht, mich noch einmal zu belügen!«, drohte der Rechtsanwalt und ließ ihn keinen Moment aus den Augen.

Dem ist alles zuzutrauen, dachte Hofer und sagte: »Er hat mir die Maske heruntergerissen, hat mein *Gesicht* gesehen!«

Keller erstarrte.

»Er hätte mich bei einer Gegenüberstellung wiedererkannt! Da habe ich ... hat sich ein Schuss gelöst.« Hofer senkte den Blick. »Ich wollte ihn nicht umbringen, das müssen Sie mir glauben. Es war ... ein Unfall.«

»Ein Unfall? Du *mieser* kleiner Feigling.« Keller griff in seine Manteltasche und holte eine Pistole heraus.

»Hast wohl gedacht, dass dich Papa wieder aus dem Schlamassel holt, was?«

Hofers Entsetzen zeichnete ihm rote Flecken auf Hals und Gesicht. Er gab sich aber größte Mühe, sich die Angst nicht anmerken zu lassen.

»Wer rettet dich jetzt, hm?«, sagte Keller provozierend, wiegte die Waffe in seiner behandschuhten Hand und setzte sie an Hofers Schläfe. »Wer hilft dir *jetzt*?«

Hofer war zwischen Furcht und Kühnheit hin- und hergerissen. Energisch schob er das Kinn nach vorn und sagte dreist: »Sie schießen ja *doch* nicht!«

»Wir werden sehen«, entgegnete Keller gelassen, »wir werden sehen.«

Er ließ die Pistole sinken und holte aus der anderen Manteltasche ein Stück Papier heraus, entfaltete es und streckte es Hofer zu.

»Lies!«, befahl der Rechtsanwalt.

»Wozu?«

»*Lies*, habe ich gesagt!«, wies ihn Keller an und zielte mit der Pistole auf Hofers Brust.

»Ist ja gut«, maulte Hofer und nahm das Stück Papier an sich: »*Ich, Gideon Hofer, gestehe hiermit den Mord an Cedric Keller. Ich habe ihn am elften April zweitausendvierundzwanzig in der Tankstelle an der Werkstraße fünf in Olten erschossen. Des Weiteren gebe ich zu, den Ladenbesitzer Pius Lehmann mit derselben Pistole bedroht und beraubt zu haben. Unterschrift ...* Nein, das unterschreibe ich nicht! Auf gar keinen Fall«, rief der Beschuldigte entrüstet.

»Glaub mir, das wirst du.«

»Das ist lächerlich! Ein solches Geständnis wäre vor Gericht sowieso nicht zulässig!«

»Meinst du? Na gut«, lenkte Keller ein und ließ seinen Blick durchs Wohnzimmer schweifen. »Gibt es hier Papier?«

»Was?«

»Hast du irgendwo *Schreibpapier*?«

»Sicher«, sagte Hofer schnippisch.

»Wo?«

Hofer antwortete nicht.

»Wo ich *Papier* finde, habe ich gefragt!«, wiederholte Keller ungehalten.

»Oberste Schublade rechts«, sagte Hofer gehässig und deutete mit dem Kinn auf das Möbelstück gegenüber.

»Wag es bloß nicht aufzustehen!«, drohte ihm Keller und ging zum Sekretär hinüber, um sich etwas Beschreibbares herauszunehmen. Er wurde fündig und reichte Hofer ein Blatt Papier.

»Du schreibst jetzt den Text ab, verstanden?«

»Das werde ich *nicht* tun!«

»Oh doch, das glaube ich schon«, sagte Keller und presste den Pistolenlauf so fest gegen Hofers Stirn, dass ein Abdruck entstand.

»Sie würden *niemals* schießen.«

»Jetzt vielleicht noch nicht, aber sei dir da nicht so sicher, Jungchen.«

Keller steckte die Pistole in seine Manteltasche zurück, packte Hofer am Hemdkragen, zerrte ihn hoch, drehte ihn zur Seite, sodass er ihm die Handschellen öffnen konnte, und stieß ihn wieder in den Sessel zurück. »Also los, du schreibst jetzt *diesen Text* ab!« keuchte Keller. »Damit sieht dein Geständnis doch viel echter aus, findest du nicht?«

Hofer zögerte.

»*Schreib*!«, fauchte der Rechtsanwalt.

Widerwillig und unter leisem Fluchen nahm der Genötigte den Kugelschreiber in die Hand, den ihm August Keller entgegenstreckte, und kritzelte die Sätze aufs Papier.

Wachsam verfolgte der Rechtsanwalt Hofers Schreiben, die Pistole in seiner Manteltasche erneut umfassend.

»Und jetzt deinen Namen!«

»Niemals!«

»Unterschreib! *Sofort*!«, tobte Keller, nahm seine Pistole hervor und entsicherte die Waffe.

Hofer blieb keine Wahl.

»Damit kommen Sie *niemals* durch.«

»Und ob ich das werde«, entgegnete Keller.

Er nahm das Schriftstück an sich und betrachtete es zufrieden. »Na siehst du, war doch gar nicht so schwierig, oder?«

Hofer schaute ihn hasserfüllt an. »Es war jedenfalls schwieriger, als Ihren Sohn zu erschießen.«

»Du kleiner Mistkerl!«, hauchte Keller, leichenblass.

Hofer lächelte finster.

»Ihr Sohn war ein echter Waschlappen! Ja, er hat um sein erbärmliches Leben gebettelt und gedacht, ich würde ihm abnehmen, dass er mich bei der Polizei nicht verpfeifen würde. Von wegen! Hat er doch einen Papi, der Anwalt ist.« Er schaute Keller noch immer in die Augen.

»Ja, ich wusste genau, wer er ist. Cedric war in meiner Parallelklasse. So ein anständiger Kerl. Zum Kotzen!«

Keller fühlte die Wut in ihm hochsteigen, die linke Hand zur Faust geballt, die rechte schwang die Waffe.

»Es war ganz einfach. *Ganz einfach*«, sagte Hofer genüsslich.

»Ich schick' dich in die *Hölle*, du Bastard!«, zischte Keller.

Die Pistole in seiner Hand zitterte.

»Sie haben ja nicht den *Mut* zu schießen! Wie der Vater, so der Sohn.«

»Sei still!«

»Aber ja«, höhnte Hofer. »Sie sind in diesem Spiel doch *der Gute*, nicht wahr?«

»Das ist richtig«, sagte der Rechtsanwalt emotionslos und drückte ab.

Das Schicksal

Realität ist immer das,
was wir dafür halten.
(CG)

Freundschaft

In einer Freundschaft darf man dem anderen etwas zutrauen, weil es um Zutrauen geht – und man darf dem anderen etwas zumuten, weil im Zutrauen der Mut liegt, sich jemandem anzuvertrauen.

Ein monotones Brummen weckte mich aus dem Halbschlaf. Das Handy wars.

Ich griff im Dunkeln ins Leere, nach unten, nebens Bett, weil man die biestigen kleinen Computerchen ja nicht direkt neben dem eigenen, organischen Computer liegen haben sollte.

Schadet dem Bordcomputer, dem Gehirn! Schlechte Strahlung, Gehirnzellenschwund, Krebs … blablabla.

Ich machte es trotzdem: Behielt das Mobiltelefon im Zimmer, aber deponierte es zur Sicherheit und verantwortungsbewusst in gebührendem, aber erreichbarem Abstand auf dem Boden.

– Fiiiiep –

Nerv nicht, dämliches Handy!

Mein Mobiltelefon lag also auf dem Schlafzimmerboden. Es musste definitiv da liegen, weil die Aufgabe dieses Mini-Computers in erster Linie darin bestand, mich morgens aus dem Tiefschlaf zu reißen, damit ich rechtzeitig zur Arbeit kam. Aber meistens war ein viel lächerlicherer Kompromiss der Anlass, dass mein Handy in greifbarer Nähe war: Ich wollte zwar schlafen, gleichzeitig aber auch nichts verpassen, falls ein dringender, nächtlicher Anruf eines Freundes eingehen sollte oder das Spital anrief. Wäre ja möglich. Beides. Außerdem könnte es vorkommen, dass ich trotz des Schlafbedürfnisses nicht ins Land der Träume finden würde und dann, zur Zerstreuung und zum Müdemachen, das Computerchen bräuchte, das mir bei TikTok alberne Videos präsentiert. Dumm nur, dass es meistens niedliche oder lustige Videos waren, die mich erheiterten, statt schläfrig zu machen. Die tapsigen Hundewelpen, die flauschigen Entenküken und die schlaue Gazelle, die dem Löwen geschickt entwischt war, brachten mich nicht zum Träumen, sondern zum Lachen, sodass ich mehr sehen mochte, nicht mehr müde war, stundenlang Videos schaute, weiterscrollte und vor Übernächtigung morgens kaum aus dem Bett fand. Und alles endete damit, dass ich schließlich im Büro die Morgenpause herbeisehnte, wo ich am Arbeitstisch kurz einnickte und nicht von einem gutaussehenden Mann, sondern von sprechenden Äpfeln, opernsingenden Kakadus oder Auto fahrenden Affen träumte.

Mein Leben ist langweilig!

Und dennoch, ich war dankbar. Mein Alltag war abenteuerlos, gleichförmig, vorhersehbar, risikolos. Ich schätzte das, fehlte nur noch der passende Mann dazu, der das ebenfalls zu würdigen wusste. Zwar hatte es an adretten und konversationserprobten Kandidaten nicht gemangelt – nein, es hatte einige Kandidaten gegeben, doch letztlich keinen, der bleiben wollte. Stattdessen entsann ich mich Situationen und Momente, die man tatsächlich ein Leben lang nicht vergisst. Dabei ist nicht die Dauer, sondern die Intensität entscheidend, die man mit jemandem erlebt hat.

Und dann kam Felix.

Er tauchte an einem Juliabend auf. Ich war ihm von dem Moment an verfallen, als er mit mir gesprochen hatte. Noch heute erinnere ich mich ganz genau an sein Gesicht, an seine Stimme, seinen Duft und seine Komplimente, die mir damals so gutgetan hatten.

»Das Beste, was ich heute Abend machen konnte, war hierher zu kommen«, sagte er. »Und ich muss mich bei Anja bedanken.«

»So? Wofür?«

»Dafür, dass ich die Gelegenheit bekommen habe, dich kennenzulernen. Aber im Grunde ist es eine Schande, dass sie dich mir so lange vorenthalten hat.«

Das war am vierzehnten Juli. Einem wolkenlosen Samstag. Die Luft duftete nach Melonen und die Abendsonne schmiegte sich angenehm an die Haut. An diesem Abend hatten wir uns in Anjas Garten eingefunden. Wir, die Gratulanten, aufwartend mit hübsch verpackten Geschenken, Wellnessgutscheinen, Präsentkörben mit diversen Leckereien und großen Blumensträußen.

Meine Freundin Anja feierte ihren neununddreißigsten Jubeltag – obwohl ihr, laut eigener Aussage, ob der neuen Jahreszahl nicht zum Jubeln zumute gewesen ist. Sie hat sich eher widerwillig von ihrem Mann Jonas dazu überreden lassen, anlässlich ihres Geburtstags einen Grillabend zu veranstalten.

»Ich hasse Geburtstage. Sie erinnern mich nur daran, dass meine körperlichen Mängel mit jedem Jahr offensichtlicher werden.« Missmutig goss sie sich ein Glas Champagner ein.

»Du solltest das Positive sehen, Anja«, versuchte ich sie aufzuheitern. »Wir sind alle hier, weil wir froh sind, dass es dich gibt! Uns ist es egal, ob du Falten hast, ob deine Brüste bis zum Bauchnabel hängen oder du, Gott behüte, irgendwann graue Haare bekommst. Wir lieben dich! Basta.«

Dieser Sommerabend ist mir so präsent, als läge zwischen dem Gewesenen und dem Heute kaum mehr als ein Tag. So wahrhaftig und gegenwärtig sind mir die Gefühle, so klar die Bilder vor Augen, die in Rückblende an jenen Juliabend unweigerlich aufflackern.

»Älter werden ist nicht lustig«, sagte Anja und ihre Mundwinkel fielen nach unten.

Ich wusste, dass es ihr Sorgen bereitete, dass die Zahl Vierzig näher gerückt war.

»Weißt du, was Goethe über das Älterwerden geschrieben hat?«, fragte ich.

»Lass hören.«

»Keine Kunst ists, alt zu werden. Es ist Kunst, es zu ertragen.«

»Damit hat er verdammt recht!«, wimmerte Anja und trank ihr Glas Champagner auf ex.

Sie hakte sich bei mir unter und sagte: »So, und nun verdrücken wir zwei Stück Geburtstagstorte! Bist du dabei?«

»Aber klar doch«, grinste ich und ließ mich glücklich auf der Gartenschaukel nieder.

»Du siehst ... zufrieden aus«, stellte meine Freundin fest, nachdem sie mich beim Tortenstückeessen eindringlich beobachtet hatte.

»Das bin ich«, sagte ich und setzte die Schaukel in Bewegung.

»Und du, bist du happy mit deiner Party?«

Anja ließ den Blick kurz durch den Garten schweifen.

»Ja«, antwortete sie knapp.

Ich mochte ihr nicht recht glauben, fragte aber nicht weiter nach.

Mein Blick fiel auf die Männergruppe, die etwa zwanzig Schritte von uns entfernt stand und sich um den Grill herum postiert hatte.

»Sag mal, wer ist ... dieser Typ im blauen Hemd?«

»Du meinst bestimmt Felix«, sagte Anja. »Er ist ein ehemaliger Schulfreund von Jonas.«

»Okay. Ist er ... Single?«

»Das weiß man bei Felix nie so genau«, bemerkte Anja mit einem Unterton, der eigentlich nach Erläuterung verlangte.

»Er ist sehr attraktiv«, sagte ich lächelnd.

»Das ist er zweifellos.«

Meine Wangen fühlten sich heiß an.

»Er gefällt dir, nicht wahr?«

Ich zuckte mit den Schultern.

»Sei bloß vorsichtig«, warnte meine Freundin. »Er könnte dir ... mehr als nur das Herz brechen.« Sie sah mich durchdringend an, nahm das leere Tortentellerchen entgegen, erhob sich ohne ein weiteres Wort der Erklärung und ließ mich mit meinen Gedanken allein zurück.

Beim Abendessen wurde ich Felix vorgestellt. Ich reichte ihm die Hand, und als mich seine berührte, fing mein Herz augenblicklich an zu tanzen.

»Woher kennst du Anja?«, fragte er, nachdem wir uns mit einem Glas Rotwein zugeprostet hatten.

»Sie ist eine alte Schulfreundin.«

»Lass sie das bloß nicht hören«, sagte Felix augenzwinkernd.

»Was denn?«

»Na, das Wörtchen ›alt‹ ist bestimmt nicht das, was unsere Freundin heute besonders gerne hört.«

»Ja, gut möglich. Aber ...«

»So hast du das nicht gemeint. Ich weiß.« Er schmunzelte.

»Mit neunundreißig ist man noch nicht alt«, sagte ich entschieden.

»Das kann nur jemand behaupten, der entweder tolerant oder bereits weit über vierzig ist.«

Ich lachte. »Das mag sein.«

»Ich schätze, auf dich trifft die erste Vermutung zu, nicht wahr?«

»Du hältst mich also ... für tolerant?«

»Für jung und tolerant«, entgegnete er.

»Danke. Als junge Frau halte ich mich auch für durchaus ... smart, nett und umgänglich!«

»Interessant. Mir fallen sogar ein paar zusätzliche Adjektive ein, mit denen ich dich beschreiben würde.«

»Ach ja?«

»Ja.«

»Und, welche wären das?«

Er neigte sich zu mir herüber und flüsterte: »Das werde ich dir bei Gelegenheit gerne in persönlicherem Rahmen verraten.«

Felix war sich seines Charmes zweifellos bewusst. An jenem Abend hat er ihn jedenfalls gnadenlos eingesetzt. Es hat mich nicht gestört. Im Gegenteil. Ich habe es genossen, dass er sich für mich interessierte, und nach dem Essen wurden E-Mail-Adressen ausgetauscht.

»Worüber habt ihr geredet?«, wollte Anja wissen, nachdem wir uns in ihrer Küche eingefunden hatten.

»Über dieses und jenes«, wich ich aus.

»Nimm dich vor Felix in Acht. Er ist ... nichts für dich!«

Das klang bestimmt.

»Ich bin gar nicht an ihm interessiert!«

»Doch. Natürlich bist du das.« Anja sah mich nicht an. Sie teilte gerade eine Honigmelone in zwei Hälften und befreite sie von den winzigen Kernen.

»Woher ...«

»Ich hab' es dir angesehen, als er sich zu dir gesetzt hat«, fiel sie mir ins Wort.

»Was hast du gesehen?«

»Wie er dich angeschaut hat, wie du ihn angeschaut hast!«, antwortete Anja.

»Und?«

»Das war ... nicht gut, Sarah.« In ihrer Stimme schwang aufrichtige Sorge mit.

»Das versteh' ich nicht«, sagte ich. »Was stört dich daran, wie wir uns angeschaut haben?«

Anjas Brustkorb hob zu einem Seufzen an. »Felix ist ... kein Mann für eine ... einzige Frau.«

Damals habe ich die Bedenken meiner Freundin weder verstehen noch nachvollziehen können. Mehr noch, ich war etwas verärgert und dachte, Anja würde mir Felix' Nähe neiden. Beleidigt hatte ich durchs Fenster hinaus in den Garten geblickt und nach Felix Ausschau gehalten. Ich erinnere mich, dass ich ihn in der Nähe des Apfelbaumes entdeckte.

Felix saß auf einem Gartenstuhl, sich mit einer von Anjas Arbeitskolleginnen unterhaltend. Die Blondine trug einen besonders kurzen Rock und Felix' Hand glitt ein-, zweimal kaum merklich über ihr Knie, dass es mir einen Stich versetzte.

Das war aber nicht das Einzige, was mir missfallen hatte. Die Blondine erdreistete sich, sich auf dem freien Stuhl neben Felix niederzulassen, und beugte sich während des Gesprächs derart provokativ zu ihm hinüber, dass er eine wunderbare Aussicht in ihren bemerkenswerten Ausschnitt gehabt hatte.

»Felix ist also ein Frauenheld, hm?«, sagte ich etwas gereizter als beabsichtigt.

»Definitiv«, sagte Anja und zerstückelte die entkernten Melonenschnitze.

Ich zuckte mit den Schultern.

»Na und? Ich find' ihn nett.«

»Ja, er ist sehr charmant. Das ist ja das Gefährliche.«

»Gefährlich? Ich bitte dich! Ich bin erwachsen und kann auf mich aufpassen.«

»Das heißt nicht, dass man als Erwachsene keine Fehler mehr macht.«

»Wenn du nicht willst, dass ich ihn kennenlerne, warum hast du ihn mir dann vorgestellt?«

»Ich habe dir auch die anderen Gäste vorgestellt, Sarah. Das nennt man Höflichkeit.«

»Na prima.«

Ich sah meiner Freundin beim Zerkleinern der Melonenschnitze zu.

»Warum hast du ihn eigentlich eingeladen, wenn er ein so furchtbarer Mensch ist?«

»Jonas hat ihn eingeladen«, entgegnete Anja, und mir kam es so vor, als sei ihr das Eingeständnis ziemlich unangenehm.

»Du scheinst Felix … nicht sehr zu mögen.«

»Als Freundin will ich dich … bloß vor ihm warnen. Das ist alles.«

Ich schüttelte den Kopf.

»Ich habe nicht vor, ihn zu heiraten, okay? Wir haben uns nur unterhalten. Mehr nicht.«

Anja ließ die Melonenwürfelchen in eine Schale plumpsen.

»Hat er dich noch nicht auf ein Date eingeladen?«

Ich war etwas perplex.

»Na ja … eigentlich nicht«, sagte ich. »Wir haben bloß unsere E-Mail-Adressen ausgetauscht.«

»Verstehe.«

»So?«

»Ja. Er wird dich einladen. Da bin ich mir ziemlich sicher.«

»Du musst ihn ja gut kennen.«

Anja schien sich nicht schlüssig zu sein, ob sie darauf antworten sollte oder nicht. Aber meine Frage machte sie zweifellos nervös: Sie rührte die Melonenbowle so heftig, dass die Glasschüssel gefährlich ins Wanken geriet.

»Felix' Anwesenheit bringt dich ziemlich aus dem Konzept.«

Anja entwich ein überraschtes »Wie?«, und dann schloss ein »Nein … ich meine … vielleicht, ein wenig« an.

»Aha? Woran liegt's?«

»Ich … kann nicht darüber reden«, sagte sie leise, mit dem Blick zum Fenster wandernd.

»Was ist denn los?« Ich machte mir nun ernsthaft Gedanken.

»Anja?«

Ihre Augen wurden auf einmal glasig, sie zitterte, schniefte und legte den Finger auf ihren Mund, zog mich aus der Küche, streifte sich die hochhackigen Schuhe ab und tapste voraus, die Treppe hinauf.

»Wo … willst du hin?«, hauchte ich ihr hinterher.

Sie deutete mir, ihr zu folgen, und ich tat es.

Anja schloss die Gästezimmertür hinter sich zu und drehte den Schlüssel im Schloss, dann setzte sie sich zu mir auf den Bettrand.

»Was ich dir jetzt erzähle, darfst du niemandem sonst erzählen. Verstehst du?«

Ich nickte benommen.

»Versprichst du's?«

»Natürlich … ich verspreche es!«

Anja sog die Luft tief ein und blies sie durch den Mund wieder aus. Ihre Hände waren eiskalt, als sie nach den meinen griff.

»Felix ist … ein Verbrecher, Sarah.«

Ich runzelte ungläubig die Stirn.

»Was soll das heißen? Er mag vielleicht ein Herzensbrecher sein, aber ein Verbrecher? Ist das nicht etwas zu hart?« Ich kicherte.

Anja stimmte nicht ins Kichern ein. Sie sah mich eindringlich an.

»Er hat …«, fing sie an und senkte wieder ihren Blick.

»Jetzt spuck's schon aus, um Himmels Willen!«, unterbrach ich meine Freundin, etwas verärgert, ob all der Heimlichtuerei.

Und dann dämmerte es mir.

»Hat er dir … etwas angetan?«

Anja atmete flacher, schneller.

»Zuerst wollte ich ja … aber dann … habe ich ihn weggestoßen.«

»Anja?« Ich beugte mich vor und suchte Augenkontakt.

»Hat er dich …?«

Sie fing an zu schluchzen.

»Um Himmels willen, Anja!« Mir flitzten abartige Bilder vor die Augen. Mit heftigem Kopfschütteln versuchte ich sie alle wegzuscheuchen.

»Weiß Jonas davon?«

Meine Freundin verneinte und ich umarmte sie.

Sie wimmerte und ich ließ sie weinen, erzählen, den lang gehüteten Schmerz teilen.

»Wie lange ist das her?«, traute ich mich nach einer Weile, zu fragen.

»Ein paar Jahre.«

»Davon hast du mir nie etwas erzählt!«

»Nein.«

»Warum nicht?«

Sie zuckte mit den Schultern.

»Erinnerst du dich: Freundschaft bedeutet, einander etwas zuzutrauen und zuzumuten, weil im Zutrauen der Mut liegt, sich jemandem anzuvertrauen.«

Anja versuchte zu lächeln. »Ich erinnere mich.«

»Was hat dich abgehalten, mich anzurufen oder ... zu mir zu kommen?«

»Ich war damals schon mit Jonas zusammen.«

»Na und?«

»Du weißt ja, wir hatten uns für einen Monat getrennt. Ich war ... frustriert, hab' gechattet, Felix kennengelernt, ihn ein paar Mal getroffen, dann herausgefunden, dass er mit Jonas befreundet ist, und ... na ja ... dann ist es ... einfach passiert.«

»Es ist passiert?! Anja, was für ein Bullshit! Es passiert doch nicht einfach. Jemand hat dir etwas genommen, das du ihm nicht geben wolltest. Er hatte kein Recht dazu!«

»Psst«, mahnte meine Freundin und legte den Finger auf die Lippen. »Nicht so laut! Ich kann an meinem Geburtstag keine weitere Krise riskieren! Dass ich ein Jahr älter geworden bin, ist schon schlimm genug.«

»Hör auf damit!«, winkte ich ab. »Du musst es Jonas sagen ... und der Polizei auch!«

»Nein, auf keinen Fall!«

Meine Augen weiteten sich.

»Warum sollte ich? Ich liebe Jonas. Das Techtelmechtel mit Felix ... hat nichts bedeutet.«

»Du nennst es Techtelmechtel? Hörst du dir eigentlich zu?«

»Es war nur ... ein einziges Mal.«

»Gott sei Dank! Zeig ihn an!«

»Niemand würde mir glauben ... ich bin ja selbst schuld. Und Jonas wird mich hassen.«

Ich schüttelte energisch den Kopf. »Er sollte Felix hassen, nicht dich! Und ich glaube dir.«

Anja schniefte.

»Es spielt keine Rolle, ob du anfangs mit ihm schlafen wolltest oder nicht ... du hast dich umentschieden. Punkt. Ein Mann, ein richtiger Mann, der kann das akzeptieren.«

Anja schwieg, den Blick immer noch gesenkt.

»Wenn ich es gewusst hätte ... ich hätte nicht so von ihm geschwärmt. Es kotzt mich an! Dieser Mistkerl!«

Anja sah mich an. »Es ist schon zu lange her.«

»Und doch bringt dich das Ganze noch immer so aus der Fassung? Das alles mag Jahre zurückliegen, aber präsent ist es noch immer. Du musst mit Jonas darüber reden!«

»Ich kann nicht.«

»Dann helfe ich dir.«

Sie schüttelte den Kopf.

»Ich hätte dir nichts sagen sollen ... ich will ... es einfach vergessen.«

»Anja, verflucht nochmal!«

»Sprich nicht so mit mir! Ich habe heute Geburtstag.«

Ich griff nach ihren Händen.

»Die Zeit scheint dir keine gute Freundin gewesen zu sein. Sie hat beim Vergessen und Heilen jedenfalls schlechte Arbeit geleistet. Und ich ... ich muss auch eine furchtbare Freundin gewesen sein, dass du mir nicht einmal anvertrauen konntest, was dich gequält hat. Es tut mir leid!«

»Du bist meine beste Freundin, Sarah ... und ich habe es dir gesagt, jetzt, da ich Angst hatte, dir könnte dasselbe geschehen. Ich will nicht, dass das passiert.«

Sie fing wieder an zu weinen und umarmte mich.

»Dann lass uns dafür sorgen, dass es nie wieder geschieht«, flüsterte ich ihr zu und drückte sie an mich.

Sie nickte und wir gingen zurück in den Garten.

– Fieeeep –
  Nervtötendes Handy!

Und nun, nachdem ich mein Mobiltelefon erst verflucht hatte, und es jetzt in der Hand hielt, um Anjas WhatsApp-Nachricht anzuklicken, umhüllte mich Erleichterung und Freude:
  Ich bin schwanger und du wirst Gotti!, schrieb sie in Großbuchstaben, dahinter unzählige Herzchen, ein Babyflaschen-Emoji und ein Smiley, das ein Kussherz formte.

Das Gute kommt immer zuletzt!
  Ende mit Langeweile. Zeit für ein kleines Abenteuer!

Die Wahrheit

Es ist nicht genug, das Richtige zu kennen.
Man muss auch den Mut haben, das Richtige zu tun.
(CG)

Spiel des Lebens

David wurde im März geboren. An einem Dienstagmorgen. Um 11.54 Uhr. Seine Lungen waren nicht auf seinen ersten Schrei vorbereitet. Sie waren kleinlappig, nicht entfaltet. So wie sein ganzer, winziger Körper. Der Brutkasten hatte zu tun, und die Technik sorgte dafür, dass dieser hilflose, neue Mensch am Leben blieb.

Davids erste Schritte gelangen ihm ganz allein, ungesehen von anderen. Es gab keinen stolzen Beifall und auch kein begeistertes Jubeln, als er seine ersten Worte sprach. Für David gab es von allem immer nur sehr wenig.

»Ich gehe noch weg, mach dir selbst etwas zu essen. Du weißt ja, wo der Kühlschrank ist.«

Kochen war keine Kunst, die beherrscht werden musste. So war jedenfalls Vaters Ansicht. Essen diente ausschließlich der Energiezufuhr und diese brauchte nicht geschmackvoll oder lecker zu sein.

»Fischstäbchen sind billiger als Rindsfilets und erfüllen genauso ihren Zweck. Der Hunger verschwindet. Also, iss sie!«
    »Ich esse keine Tiere.«
    »Was soll das heißen?«
    »Fische sind Lebewesen, Vater. Ich esse sie nicht.«
    »Musstest du diese Fische etwa aus dem See ziehen oder sie zu Tode prügeln? Nein. Sie sind schon tot, tiefgefroren, zum Teufel! Also iss, was auf deinem Teller liegt, oder iss gar nichts. Verstanden?«
    »Verstanden«, sagte David und ging in sein Zimmer.
    »Ist das wieder irgendeine Art von Protest?«, rief sein Vater ihm nach. »Dann werde Politiker! Dann kannst du deine Meinung in den Nachrichten verbreiten und die ganze Welt verrückt machen!«
    David hörte nicht mehr zu. Er war es gewohnt, dass man auch ihm nicht zuhörte.

Gute-Nacht-Geschichten oder Schlaflieder hatte es nie gegeben. Niemand hatte ihm vorgelesen oder sich Bilderbücher mit ihm angesehen, niemand spielte mit ihm Lego, niemand interessierte sich dafür, was seine Lieblingsfarbe war.

»Spiel draußen. Die Natur hat genug zu bieten.«

Für David gab es keine Umarmung, wenn er hingefallen war oder sich die Knie aufgeschürft hatte, es gab kein Betüdeln, wenn er mit Fieber im Bett lag und auch nicht damals, als er vom Baum gefallen war und sich das Bein brach.

»Dummkopf«, hatte sein Vater geschimpft, »hättest du nicht bis morgen damit warten können, Kirschen zu stehlen? Nein, ausgerechnet heute, an meinem freien Tag, musstest du unbedingt auf den morschesten Ast hinaufklettern. Nur Dummköpfe tun das!«

David mochte nicht viele Dinge. Aber die Schule, die mochte er. Sie hatte so viel Wissen zu bieten, so viel Zeit anzubieten und war ein Ort der heimlichen Zuflucht. Seinem Vater war sie verhasst, suspekt und gerade darum liebte David sie umso mehr.

»Das Leben ist die beste Schule. Gymnasium ist nur etwas für Angeber.«
»Hierarchie ist Ego, nichts weiter, aber nicht jeder Akademiker ist ein Egomane.«
»Aber kein Akademiker kann ohne Handwerker auskommen. Wer ist also wichtiger, der Arzt oder der Bauarbeiter?«
»Beide sind wichtig. Kein Krankenwagen erreicht das Spital, wenn es keine Bauarbeiter gibt, die die Straßen bauen, und kein Bauarbeiter richtet sein gebrochenes Bein selbst, wenn er sich verletzt.«
»Siehst du, da hat dich das Leben doch etwas gelehrt, David.«

Daheim gab es niemals Lob für gute Noten und echte Gespräche gab es nur wenige. Sie mündeten meistens in Streit oder endeten mit Beleidigungen. Vater hatte immer das letzte Wort.

»Du willst ins Kino? Dann schau fern. Alle Filme, die im Kino laufen, kommen auch irgendwann im Fernsehen.«

»Alle meine Freunde sehen sich ›Avatar‹ im Kino an.«

»Dann sind deine Freunde Idioten.«

»Meine Freunde sind keine Idioten! Das Feeling ist ganz anders, wenn man einen Film auf einer großen Leinwand sieht, als auf einem kleinen Bildschirm.«

»Du bleibst daheim. Basta.«

»Das ist unfair!«

»Das nennt man Erziehung, Söhnchen.«

Als David an Windpocken litt, später die Röteln bekam, als Elfjähriger mit einer Angina daheimbleiben musste, ein paar Monate danach gegen eine Mittelohrentzündung kämpfte und als Fünfzehnjähriger schließlich mit Corona das Bett hüten musste, gab es kein Umsorgen, keinen Trost.

»Sei kein Jammerlappen! Das geht vorbei.«

Er wurde bei Regen nicht zur Schule kutschiert und nach dem Skilager auch nicht vom Bahnhof abgeholt.

»Ich habe zu tun. Du kennst den Weg nach Hause und kannst laufen. Deine Beine werden dich schon tragen. Ist sogar einfacher als mit Skiern einen Berg hinunterzukurven!«

David hatte sich daran gewöhnt, auch daran, dass er nie mit Besonderem beschenkt wurde, weder mit netten Worten noch mit einer üppigen Geburtstagstorte, auch mit keinen modernen, neuen Turnschuhen, einem teuren Handy oder einem schnittigen Fahrrad, so wie andere Jugendliche.

»Marken-Klamotten gibt es keine! Zieh an, was sauber ist. Ein Pullover für 12 Franken wärmt genauso gut wie einer für 300 Franken.«

»Da liegst du falsch, Vater. Merinowolle wärmt wesentlich besser als Baumwolle. Deshalb ist sie auch teurer.«

»Ach ja? Klugscheißer! Glaubst du, nur weil du aufs Gymnasium gehst, bist du besser und klüger als ich?« Er trat so nahe an seinen Sohn heran, dass David die geweiteten Pupillen seines Vaters ganz genau erkennen konnte.

»Es ist nur so, Jungchen, dass ich *hier das Sagen habe* und nicht im Traum daran denke, Geld zum Fenster hinauszuschmeißen!«

»Nein, du gibst es lieber für deine Huren aus, nicht wahr?«

»Halt bloß dein freches Maul, Söhnchen«, keuchte der Vater und ballte seine Faust.

»Oder was?«

Sein Vater hatte sich bedrohlich vor ihm aufgepflanzt, wagte aber nicht, der Demütigung einen Namen und David Grund zu geben, ihn noch mehr zu hassen.

»Wie ich schon sagte«, zischte er, »zieh an, was da ist.«

Das einzig Schöne und Kostbare, das David jemals besitzen würde, kaufte er sich selbst: in einem Gitarrenladen in der Stadt. Er hatte dafür etliche Mittwochnachmittage und Samstagvormittage mit Rasenmähen in fremden Gärten verbracht, Hundesitting, Aushilfs-Logistiker beim Getränkehändler im Nachbardorf und Mathe-Nachhilfe beim kleinen Julius geleistet. Das alles hatte sich gelohnt, gelohnt für diesen ersten Glücksmoment, als er seine eigene Gitarre endlich in den Händen hielt. Ihr Holz war hauchdünn, geschwungen und kastanienbraun. Sie hatte einen ganz besonderen Glanz, der sich vor allem bei Sonnenschein offenbarte und sie betörte mit warmem Klang, der ihm mehr als nur Wohltat war. Es war eine Liebe, die ihn sanft umspielte, umarmte und tröstete, wenn er sie brauchte.

»Das Geschramme ist ja kaum auszuhalten!«

»Wie wär's, wenn du dir Ohropax besorgst?«

»In meinem eigenen Haus werde ich nicht mit Ohrenstöpseln herumwandern, nur damit du *deine Zeit mit Singen vergeuden kannst!*«

»Das nennt man üben.«

»Ach so? Es ist noch kein Meister von Himmel gefallen, willst du wohl sagen? Das stimmt. Du bist kein Meister. Das steht fest!«

Das Spielen brachte sich David selbst bei. Sein Vater weigerte sich, ihn zur Musikschule zu schicken, und seine Aushilfsjobs musste David reduzieren. Das Ersparte wurde rasch weniger.

Das Spielenlernen war nicht leicht, aber ein Instrument zu lernen *ist* nicht leicht. Virtuosität ist das Ergebnis harter Arbeit, Talent nur der Motor. Das Üben macht einen besser, nicht das Talent. Fingerfertigkeit und Stimme brauchen den Willen, sich zu verbessern.

David war entschlossen, unerschrocken. Er war es gewohnt, dass er sich alles, sogar seine eigene Existenz, verdienen musste. Das hatte ihm sein Vater von klein auf eingeimpft.

»Deine Mutter war eine Heilige, David. Gott hat sie zu sich geholt. Das verstehe ich. Engel will man bei sich haben.«

»Du hast getrunken. Wie viel?«

»Was geht es dich an?«, fauchte der Vater und kippte den letzten Schluck Bier in sich hinein.

»Ein Engel war sie, ja, das war sie …«, hörte David ihn wimmern.

»Es ist ein Verlust, den niemand gutmachen kann!«

»Was denn? Mutters Tod oder die Tatsache, dass du die letzte Flasche Bier ausgetrunken hast?«

»Wie kannst du es wagen … Deine Mutter war eine Heilige. Eine Heilige!« Das letzte Wort erhielt eine besondere Betonung, wie immer, wenn er von Davids Mutter sprach.

»Sie ist ein Engel.«

»Das sagtest du bereits.«

»Wie egoistisch muss Gott doch sein, dass er so viele Engel um sich schart! Ist einer denn nicht Gesellschaft genug?« Er schnäuzte in ein gefaltetes Taschentuch.

»Hör auf, von Gott zu reden, als ob es ihn gäbe!«

»… und hör du auf, diese lächerliche Musik zu spielen!« Er stand auf und kam dicht an seinen Sohn heran.

David fühlte, wie der Zorn ihn mutiger machte.

»Du stinkst«, sagte er angewidert.

»Na und? Ich will dich nicht küssen, keine Angst«, sagte Vater mit Verachtung und drehte sich weg.

»Hast du dir überhaupt schon einmal eines meiner Stücke von Anfang bis Ende angehört? Weißt du eigentlich, wovon meine Lieder handeln?«, sagte David, etwas lauter als beabsichtigt.

»Glaubst du etwa, dass man damit ernsthaft Geld verdienen kann?«, herrschte ihn sein Vater an. »Du bist kein ... John Lennon ... oder Jimmy Hendrix.«

»Das stimmt ... die sind tot! Schade, dass ich es nicht auch bin, nicht wahr?«

»Ach ...«, winkte sein Vater ab und ließ sich zurück aufs Sofa fallen. »Du bist jetzt vierundzwanzig. Matura abgebrochen, kein Studium. Gut! Aber Schreiner zu sein, das war dir wohl nicht gut genug. Meinetwegen! Mach aber endlich etwas Sinnvolles aus deinem Leben. Dann hat es sich wenigstens gelohnt.«

»Gelohnt?«

»Dass du lebst ... und deine Mutter deinetwegen gestorben ist.«

Bitterkeit, das fiel ihm als Erstes ein, wenn jemand fragte, wie er sein Leben beschreiben würde.

Es entpuppte sich so, wie es schon zu Anfang gewesen war: schwierig, holprig und technisch anspruchsvoll. Außer dem Leben selbst wurde David nie etwas geschenkt, nur genommen. Und nun entschied er sich dafür, sich zu holen, was ihm zustand.

»Wo willst du hin?«

»Das muss dich nicht interessieren, Vater.«

Die Haustür fiel hinter ihm ins Schloss, und zum ersten Mal in seinem Leben fühlte er sich leicht und befreit.

Straßenkünstler gab es zahlreiche in Bern. Die meisten zog es vor Einkaufsläden, andere versuchten sich am Theater, andere zogen nach Zürich, besonders Ambitionierte versuchten es sogar an der Schauspielschule oder, wenn Ehrgeiz und Talent gleichermaßen vorhanden waren, bewarben sie sich an der Kunsthochschule.

David hatte keine Ambitionen, er war Visionär.

»Bist du schwul?«, fragte ihn ein Typ, der sich als angeblicher Talent-Scout geoutet hatte und ihn in der Marktgasse spielen hörte.

»Nein«, antwortete David knapp.

»Schade. Du hast eine schöne Stimme. Das Gesicht passt auch dazu. Hübscher Junge! Mit dir ließe sich zweifellos Geld verdienen.«

David war knapp einen Meter achtzig groß, mit knabenhafter Figur, glattes, hellbraunes Haar umrahmte weiche Gesichtszüge und seine wachen Augen beobachteten die Umgebung sehr genau.

»Ist das ein Kompliment oder ein schlüpfriges Angebot?«

Der Fremde lachte etwas zu laut und etwas zu schrill.

»Mein lieber Junge, natürlich beides!«

David musterte sein Gegenüber ganz genau.

»Was schaust du denn so?«, fragte der Scout verunsichert.

»Ich blicke gerade in Ihr Innerstes.«

»Oh ... wie hinterhältig!«, quiekte der Scout vergnügt.

»Und, etwas Unanständiges entdeckt?«

»Allerdings.«

»Gefällt es dir?«

»Nein.«

Der Scout schien pikiert.

»Tja, dann ist das wohl *dein* Problem, nicht wahr?«

Er wandte sich ab und lief davon, ohne sich noch einmal nach David umzudrehen.

»Da hast du wohl jemanden verärgert, hübscher Junge.«

»Scheint wohl so«, sagte David und lächelte der jungen Frau zu, die lässig an der Säule lehnte, die den Balkon einer breiten Geschäftsterrasse im Bogendurchgang stützte.

»Singst du mir etwas vor?«

»Wenn Sie fürs Zuhören bezahlen ...«

»Geschäftstüchtig. Bravo!«

»Und?«

»Ich bezahle nicht. Ich biete dir einen Job an, wenn mir gefällt, was ich höre.« Sie trug einen knielangen, bunt-geblümten Rock, darüber eine lockere Baumwollbluse mit langen Ärmeln, die sich an den Handgelenken wie Rosenblüten auffächerten. Das rotbraune, schulterlange Haar trug sie offen.

»Einen Job? Wo?«

»Ich arbeite in einem Club in der Kellergasse. Bin immer auf der Suche nach unbekannten, interessanten Acts.«

»Sie finden mich also interessant?« Er grinste.

»Nun ja ... halte mein Interesse wach, hübscher Junge.«

»Ich habe einen Namen. Ich heiße David.«

Sie schmunzelte.

»Selbstbewusst und aufgeweckt. Passt zu dir ... und jetzt spiel mir endlich etwas vor!«

»Na gut«, sagte David und streichelte die Gitarre.

Seine Finger stimmten einen Akkord an, zupften erst vage, sanft, dann kräftiger, und seine Stimme tänzelte zum Klang der Gitarre, Melodie und Worte fanden sich, wurden eins, tanzten und umarmten sich, schwangen sich hoch und tauchten tief, berührten und umschmeichelten sich, verwundeten und heilten wieder.

»Das ist das Schönste, was ich seit Langem gehört habe«, sagte sie mit aufrichtiger Bewunderung.

»Danke.«

»Kommt mir nicht bekannt vor. Ist das von dir?«

»Ja, ich habe ... gerade improvisiert.«

»Dein Ernst?« Sie war verblüfft.

»Klar.«

»Bist du ein Genie oder sowas?«

»Ertappt.«

Sie lachte.

»Ein hübsches *und* humorvolles Genie. Jackpot!«

»Wenn Sie das sagen.«

»Das tue ich.«

Sie lächelte ihm zu.

»Hör zu, wenn du Zeit hast, komm doch heute Abend gegen 21 Uhr vorbei. Ich bin sicher, die Gäste freuen sich über musikalische Untermalung.«

»Echt jetzt?«

»Ich habe Humor, aber darüber mache ich keine Scherze.«

»Gut zu wissen.«

»Dann kommst du?«

»Ich überlege es mir.«

»Dann überleg höchstens bis nach dem Abendessen. Um 21 Uhr hast du ein Rendezvous im Hühnerstall.«

»Wie bitte?«

»So heißt das Lokal, *Hühnerstall*.«

»Wer kommt denn auf einen solch bescheuerten Namen?«

»Hühnerstall?«

Sie lachte.

»Da hast du wohl recht, aber den vergisst man nicht so schnell.« Sie zwinkerte ihm zu. »Du hast dir jedenfalls nichts notiert. Scheint also einprägsam zu sein. Das passt. Genau wie deine Musik.«

»Also ist sie beschissen ... wie ein Hühnerstall?«

»Nein, eingängig, du Idiot!«

Er lachte.

Sie gefiel ihm.

Sehr.

»Dann bis heute Abend, David!«, sagte sie und tänzelte davon.

»Ja, vielleicht.«

»Bier geht dann auf mich«, rief sie beim Weggehen und warf ihm eine Kusshand zu.

»Hey, Idiot! Geh uns aus dem Weg.« Ein Halbstarker rempelte ihn an, seine Kumpels grinsten und rieben sich die Hände. Alle trugen das gleiche schwarze T-Shirt, auf dem in weißer Großschrift *BRO's INDA HOOD* aufgedruckt war.

»Hast du nicht gehört, dreckiger Obdachloser? Hau ab hier! Wir wollen keine Bettler auf unserer Straße!«

»Auf *eurer* Straße? Ich denke nicht, dass ihr schon Steuern zahlt. Wie alt seid ihr, dreizehn, vierzehn vielleicht?«

»Halt bloß die Fresse, *Ed Sheeran*.«

»Ich heiße David. Aber danke für den Vergleich. Ed ist wirklich großartig.«

»Hau dem eine rein!«, juckte es den Dreizehnjährigen.

»Ja, Bro, er hats verdient!«

Der Halbstarke gockelte vor David hin und her.

»Soll ich dir die Zähne einschlagen, *David*? Wird schwierig mit trällern, wenn die Zähne fehlen.«

Seine Kumpels grölten.

»Was ist dein Problem? Geh einfach weiter!« David schüttelte den Kopf und machte sich daran, seine Gitarre einzupacken.

»Ups«, sagte der andere Halbstarke, der seinen Kumpel zum Prügeln hatte verleiten wollen. Sein Kumpel hatte ihn geschubst und er war mit seinem Fuß in den Gitarrenkoffer hineingetreten. Das Holz krachte unter seinen Nike-Schuhen.

»Verfluchte Scheiße!«, schrie David und fühlte, wie die Wut in ihm hochkroch.

»Was ist dein Problem, Ed Sheeran?«, keifte der Gitarrentreter.

Die Halbstarken warfen den Kopf in den Nacken und grölten.

Eine Frau schob ihren Kinderwagen an ihnen vorbei und schüttelte den Kopf.

Ein älteres Ehepaar schaute verstohlen zu ihnen hinüber, ging dann aber raschen Schrittes weiter.

Die erste Faust traf den Provokateur mit den Nikes.

Jetzt ging es ganz schnell. Handgemenge, Gekreische, Schimpftiraden, blutige Nasen, schmerzende Tritte, gebrochene Knochen und dann, dann fühlte sich David auf einmal ganz leicht.

Er bekam einen Kopfstoß und einen Schlag in die Magengrube.

David taumelte, fiel hin und schlug sich den Schädel am Bordstein auf. Blut rann aufs Kopfsteinpflaster. Die Schläger suchten das Weite.

Ein pfeifendes Geräusch entwich seinen Lungen.

Leute umringten ihn, sahen auf ihn herab.

»Ist er tot?«, hörte er jemanden sagen.

»Noch nicht, aber er braucht dringend einen Krankenwagen.«

David hob seinen Arm, öffnete den blutverschmierten Mund, rang nach Luft, um etwas zu entgegnen.

Es strengte ihn an, schwächte ihn, ließ ihn müde zurück. Er konnte nicht sprechen. Die Brust schmerzte. Alles war nur noch Schmerz, so, wie es immer gewesen war.

»Schreiner war dir wohl nicht gut genug, was? Glaubst du, dass du mit deiner Musik ernsthaft Geld verdienen kannst? Du bist kein John Lennon, David. Mach etwas Sinnvolles aus deinem Leben!«

David lächelte, dann wurden die Geräusche dumpfer, die Gestalten um ihn herum grauer, bis sie schließlich ganz verblassten.

»Die Musik ist *etwas Sinnvolles, Vater. Sie ist meine beste Freundin und ich verlasse sie nicht. Ich verlasse* dich.*«*

Die Enthüllung

Zu fürchten sind nicht jene, die sagen, was sie denken,
sondern jene, die es nicht tun.
(CG)

CSI Solothurn

Schlaksig, mit raspelkurzen Haaren, schlecht rasiert und in einem dunkelblauen Trainingsanzug saß der Verdächtige schweigend in dem spärlich möblierten Raum, einzig durch einen großen, leergeräumten Schreibtisch getrennt von den zwei, ihn beobachtenden Polizeibeamten.

»Der Mörder ist letztlich immer der angeblich Unschuldige, den man von Anfang an im Visier hatte«, philosophierte Lanz und blickte in ein blinzelndes Augenpaar.

»Was wollen Sie damit andeuten?«, fragte Lüthi, das Kinn provokativ in die Höhe gereckt.

»Denken Sie mal scharf nach!«

Lüthis Augen weiteten sich.

»Sie verdächtigen doch nicht etwa *mich*?« Die Frage kam etwas zu prompt und war in der Tonlage etwas zu hoch.

»Gäbe es denn einen Grund, Sie zu verdächtigen?«, fragte Lanz gelassen.

»Ich weiß nicht. Ich meine ... *nein,* natürlich nicht!«

»So, so«, kommentierte Lanz, das letzte ‚So‘ etwas gedehnter. Er wusste, das würde beim Gegenüber Unsicherheit auslösen.

»Wie ... meinen Sie das?«

Lanz unterdrückte ein Grinsen.

»Nun, das bedeutet, dass Sie definitiv unter Verdacht stehen, Frau Suters Katze erschlagen und in der Verenaschlucht vergraben zu haben. Die Schlucht liegt ja ganz in der Nähe Ihrer Wohnung. Ist sozusagen nur ein *Katzensprung* entfernt, nicht wahr?«

»Was? Nein! Damit habe ich nichts zu tun, ich schwör’s!«

»Auf die Bibel? Bedenken Sie, morgen ist Ostersonntag!«

Lüthi schüttelte energisch den Kopf. »Ich habe die Katze *nicht* getötet!«

»Sicher?«

»Hundertprozentig!«

Lanz musterte sein Vis-à-Vis aufmerksam. Der Beschuldigte bemühte sich auffällig um Gelassenheit, aber seine steife Körperhaltung verriet innere Anspannung. Selbst feine Zuckungen und minimale Veränderungen in der Mimik waren Lanz nicht entgangen, und auch nicht, dass Lüthi nervös die Hände knetete, die er so sorgfältig unter dem Tisch zu verbergen versuchte.

»Ist Ihnen kalt?«

»Nein, warum fragen Sie?«

»Sicher? Soll ich die Heizung aufdrehen?«

»Ich sagte doch, es *geht*«, bekräftige Lüthi ungehalten.

»Sie tragen ein langärmeliges Shirt.«

»Ist das verboten?«

»Keineswegs.«

Lüthi wich Lanz' Blick aus. Er nestelte sich auf dem Befragungsstuhl zurecht und sah an die Wand gegenüber. Ein schwarzes Poster mit der neon-grünen Aufschrift *Gib Mobbing keine Chance* und *Wir sind für dich da – Kantonspolizei Solothurn* hob sich prominent vom weißen Mauerhintergrund ab.

»Mögen Sie eigentlich Katzen, Herr Lüthi?«

»Ich ... also ... mögen ... ist ein großes Wort.«

»Ist es das?«

Lüthi seufzte.

»Ich bin ... eher der Hundetyp.«

»Verstehe.«

»Trotzdem. Ich habe ein Alibi«, versicherte Lüthi halblaut.

»Ach?«

»Ja, für die Tatzeit«, entfuhr es ihm selbstsicherer.

»Woher wissen Sie denn, wann das Tier getötet worden ist?«

Die Selbstsicherheit verflog im Nu.

»Na ja ...«, stammelte Lüthi, »die alte Hexe ...«

Lanz räusperte sich umständlich.

»Ehm, ich meine *Frau Suter*«, korrigierte Lüthi, »ist heute Morgen wie eine Furie auf mich los. Als ich vom Joggen nach Hause gekommen bin, hat sie mich schon vor meiner Tür erwartet. Ich wohne nebenan. Dort hat sie mich als *Katzenhasser* und *Miezenmörder* beschimpft. Abartig!«

»So, so. Wann sind Sie denn vom Laufen heimgekommen?«

»Um halb zwölf.«

»Sicher?«

»Nein, sicher bin ich mir eben nicht«, jammerte Lüthi und rieb sich die Stirn. »Ich weiß es nicht mehr genau. Vielleicht war es auch … zwanzig vor zwölf.«

»Oder früher?«

»Nein, früher auf keinen Fall.«

»Sind Sie sicher?«

»Wieso fragen Sie mich das immer? Ja, *ganz* sicher!«

Lanz untermalte seine bohrenden Fragen mit einem stechenden Blick.

»Waren Sie wütend?«

»Wütend? Die Alte hat mich *grundlos* beleidigt! Hat mich beschuldigt, ihren *Simba* entführt und getötet zu haben. Ja, verdammt, ich *war* wütend!«

»Verständlich.«

»Sie sagen es! Gewettert hat sie, die blöde Kuh, und dabei das halbe Haus zusammengeschrien! Aber ich habe der dämlichen Katze *nichts* getan! Ich war am Donnerstagabend gar nicht zu Hause.«

»Wo sind Sie gewesen?«

»Mit meiner Freundin im Kino.«

»Ach?« Lanz zog die rechte Augenbraue hoch.

»Ja, wir haben uns *Oppenheimer* angesehen. Das können Sie gerne nachprüfen!«

»Wenn wir Ihre DNA beim Katzenkadaver finden, wird die Überprüfung des Alibis hinfällig sein.«

»DNA? Aber ich sage Ihnen doch, das Vieh habe *ich* nicht umgebracht!«

»Gut«, schloss Lanz, lehnte sich in seinem Stuhl lässig zurück und zuckte mit den Schultern, »wenn Sie das sagen … ich glaube Ihnen.«

»Echt?«, entfuhr es Lüthi, überrascht ob dem unverhofften Befragungsende.

»Absolut.«

Ein flüchtiges Lächeln huschte über Lüthis Gesicht. »Ehm …
gut. Danke, Mann!«

»Wie bitte?«

»Ich meine, danke, Herr *Kommissar*.«

»Herr Kommissar? Bin ich nicht. Aber das klingt gut. Danke, Mann.«

Lüthi sah ihn verächtlich an.

»Kann ich jetzt gehen?«, murrte er.

»Wohin?«

»Na, ich denke, ich stehe nicht mehr unter Verdacht! Ich will nach Hause.«

»Natürlich. Sie dürfen gehen, Herr Lüthi.«

»Merci.« Er schob den Stuhl zurück und bewegte sich rasch Richtung Tür.

»Ach, einen Moment noch. Fingerabdrücke und eine Speichelprobe wären nett.«

»Dürfen Sie das denn? Sie haben doch gesagt …«

»Wichtige Routine, Sie verstehen.« Lanz setzte ein freundliches Gesicht auf. Damit wollte er keineswegs Sympathie erheischen, sondern einzig Überlegenheit ausstrahlen.

»Muss das sein?« Lüthis Stimme wurde zittrig.

»Ja, es muss. Wenn Sie bitte den Flur entlanggehen und dann die letzte Tür rechts anvisieren würden, wäre das ganz prima. Dort wird man Sie weiter instruieren.«

Lüthis Mimik drückte Widerwillen aus. »Eigentlich hab' ich's eilig. Meine Freundin wartet.«

»Melanie Leuenberger?«

»Ja, aber woher …«

»Wartet sie bei Ihnen zu Hause?«, unterbrach Lanz.

»Ja! Kann ich jetzt gehen?«

»Datensicherung. Dauert nicht lange.«

Kein Ausweichmanöver schien zu fruchten.

»Na gut«, knurrte Lüthi.

»Besten Dank für Ihre Kooperation, Herr Lüthi. Auf Wiedersehen.«

»Ja, ja«, grummelte der Verabschiedete und zog rasch die Tür hinter sich zu.

»Das war doch eine unterhaltsame Vernehmung, oder nicht?«, witzelte Lanz.

»Du bist ein Idiot!«, wies ihn seine Kollegin zurecht. Sie stand auf und schob den Hocker energisch unter den großen Schreibtisch.

»Du hast deinen Spaß und *ich* darf alles protokollieren! Vielen Dank.«

»Komm schon, Jasmin, das war doch lustig!«

»Du bist ein *Idiot*!«

Lanz lachte.

»Fingerabdrücke und Speichelprobe wegen einer angeblich getöteten Katze? Heute hast du dich wirklich selbst übertroffen!«

»Merci.«

»Sei bloß vorsichtig! Irgendwann hast du selbst eine Anzeige wegen Schikane am Hals und selbigen werde ich dir dann nicht retten, mein Freund.«

»Dazu wird es nie kommen.«

»Hoffen wir's. So ein blödes Theater wegen einer *toten Mieze*, und das am Samstagmorgen!«

»*Ich* habe die Anzeige nicht aufgegeben.«

»Richtig, die Alte wars.« Bader schüttelte den Kopf. »Frau Suter ist doch nicht mehr ganz richtig im Kopf! Glaubt ständig, bedroht zu sein, und sieht überall Kriminelle herumrennen.« Beim Wort *Kriminelle* zeichnete Bader imaginäre Gänsefüßchen in die Luft und verdrehte die Augen.

»Sei froh, dass es solch aufmerksame Mitmenschen gibt.«

»Ja, ja.«

Lanz grinste.

Bader öffnete die Bürotür und trat in den Gang hinaus. Unverständliches Gemurmel, das Tippen auf Computertastaturen und klingelnde Telefone waren dumpf zu hören. Es war viel los, trotz Wochenende.

»Was ich noch sagen wollte«, warf Lanz seiner Kollegin nach, »das ist kein simpler Katzenentführungsfall. Vielleicht hatte

Frau Suter wirklich recht und man wollte damit ein Exempel statuieren, ihr Angst machen! Womöglich war die tote Katze eine Warnung: Sie wurde aus tiefstem Herzen gehasst, dann kaltherzig erschlagen und schließlich halbherzig vergraben.«

Bader seufzte. »Gib mir Bescheid, wenn du den ominösen Mörder gefasst hast, Sherlock.«

»Das werde ich, keine Sorge!«

In diesem Moment klingelte sein Diensthandy.

»Kantonspolizei Solothurn, Tino Lanz am Apparat.«

Es dauerte nur wenige Sekunden, um Lanz erblassen zu lassen. Er schnippte mit Mittelfinger und Daumen und erregte damit Baders Aufmerksamkeit. Lanz winkte sie zurück ins Büro und wies sie stumm an, die Tür hinter sich zu schließen. Weil Bader beim Anblick von Lanz' kalkweißem Gesicht einen weiteren Scherz ausschließen konnte, leistete sie seiner Aufforderung Folge.

»Danke, Daniel«, hörte sie Lanz sagen, »wir machen uns auf den Weg.«

»Was ist denn los?« Bader ließ sich auf jenem Stuhl nieder, auf dem kurz zuvor Lüthi gesessen hatte.

»Frau Suter«, flüsterte Lanz, »ist tot! Eine Nachbarin hat sie vor wenigen Minuten in der Wohnung gefunden. Also um …«, er warf einen Blick auf seine Armbanduhr, »fünfzehn Uhr dreiundvierzig.«

Ungläubigkeit und Überraschung zeichneten sich gleichermaßen in Baders Gesicht ab.

»Scheint sich um ein Gewaltverbrechen zu handeln.«

»Dann los! Worauf warten wir noch? Ambulanz vor Ort?«

Lanz nickte.

»Gut, informier den Forensiker! Ich kümmere mich um Lüthi. Die Kollegen sollen ihn noch hierbehalten.«

»Okay«, klang es leise.

»Tino, reiß dich zusammen!«

»Ja«, flüsterte er, »ich schaff' das.«

»Das will ich dir auch raten. Los jetzt!«

Die Untersuchungen kamen Lanz wie eine Ewigkeit vor. Er verabscheute Tatorte im Allgemeinen.

»Also, Schneider, wie ist die Frau zu Tode gekommen?«, wollte Bader wissen, als sie draußen beim Krankenwagen standen.

»Das ist noch nicht eindeutig geklärt«, sagte der Arzt, der zur Legalinspektion gerufen worden war.

»Und was *ist* geklärt?«, schaltete sich Lanz ein.

»Der Forensiker ist noch dabei, Spuren zu sichern. Details lassen auf sich warten. Klar ist hingegen, dass das Opfer gewürgt worden ist und sich heftig gewehrt hat.«

»Scheint nicht viel genützt zu haben.« Ein Verlegenheitsgrinsen war im Anflug, verlor sich aber kommentarlos wegen Baders flüsternder Zurechtweisung.

Ungeachtet der kollegialen Diskrepanz fuhr der Mediziner fort: »Wie Sie selbst in Augenschein nehmen konnten, ist die alte Dame gestürzt und hat sich den Hinterkopf aufgeschlagen. Möglicherweise war dies ihr Todesurteil.«

»Dann ist sie nicht durch Erwürgen, sondern auf Grund des Sturzes gestorben?«

»Sie hat eine Gewalteinwirkung am Hinterkopf erfahren, was ein Aufprall nach einem Sturz verursacht haben könnte. Genaueres wissen wir aber erst nach der Obduktion.«

»Natürlich.«

»Wie lange ist sie schon tot?«, fragte Lanz.

»Möglicherweise acht, maximal neun Stunden.«

Lanz runzelte die Stirn. »Sie haben gesagt, die alte Dame hätte sich gegen den Angreifer zur Wehr gesetzt. Wie kommen Sie darauf?«

»Es waren diverse blaue Flecken an ihrem Körper erkennbar.«

»Herrührend von einem Kampf?«

»Jedenfalls nicht vom Sturz.«

»Könnten Sie das präzisieren?«

»Es handelt sich um Hämatome im Gesicht, am Hals, an den Unterarmen und beiden Handgelenken.«

»Blutergüsse im Gesicht? Wurde sie geschlagen?«

»Möglicherweise. Wir werden auch Abdrücke von ihrem Gebiss anfertigen.«

»Zahnabdrücke? Wieso das? Wir wissen doch, wer sie ist!«

»Es wäre möglich, dass sie den Spurenverursacher gebissen hat. Abdrücke helfen uns bei der Spurenabgleichung. An ihren Zähnen könnten Hautpartikel vom Angreifer zu finden sein.«

Lanz verzog angewidert das Gesicht. »Sie hat den Angreifer tatsächlich gebissen? Ah nein«, korrigierte er sich selbst, »sie hat den Mörder *möglicherweise* mit ihren Zähnen verletzt.«

Bader unterdrückte ein Schmunzeln.

»Finden Sie das spaßig, Lanz? Rechtsmedizin ist eine ernsthafte Wissenschaft.«

»Natürlich«, gab sich Lanz demütig.

»Zweifeln Sie meine Arbeitsweise an?« Schneiders Mimik blieb ausdruckslos.

»Nein, keineswegs.«

»Gut. Meine Arbeit ist vorerst beendet. Die Leiche kann jetzt abtransportiert werden.« Schneider verzog keine Miene. Sein Gesicht war ebenso aschfahl wie jenes, der jeweils zu examinierenden Leichen.

»In Ordnung«, sagte Bader. »Vielen Dank, Schneider.«

»Das ist mein Job«, sagte er knapp und verabschiedete sich.

Lanz sah dem Arzt nach, der sich die Arbeitskluft abstreifte – einen übergroßen, weißen Overall, der verhindern sollte, den Tatort zu verunreinigen.

Plötzlich ging ihm ein Licht auf.

»Jasmin, komm her!«, sagte Lanz im Flüsterton und winkte seine Kollegin zu sich heran.

»Was ist los?«

Er packte sie am Arm, zog sie eilig mit sich.

»Hey, was soll das?«, beschwerte sie sich.

»Mir ist etwas eingefallen.«

»Ach? Und was soll das sein?«

»Du erinnerst dich doch an das Verhör von heute Nachmittag.«

»Unvergesslich, ja.«

»Dieser Kerl, Lüthi, der war mir von Anfang an suspekt. Ich glaube, der ist tatsächlich in die Sache verstrickt.«

»Wie bitte?«

»Ich denke, dass *er* Frau Suter getötet hat. Es passt alles zusammen: Sie hat ihn als Katzenhasser betitelt, Lüthi fühlte sich persönlich angegriffen, ist ausgeflippt, hat die Dame in ihre Wohnung zurückgedrängt, wollte damit dem Gerede der Nachbarn oder deren Aufmerksamkeit entgehen und gleichzeitig die keifende Alte zum Schweigen bringen. Diese ist aber beim ungemütlichen Gerangel gestürzt und somit zu Tode gekommen. Passt wie die Faust aufs Auge!«

Bader nickte.

»Lüthi hat doch gesagt, er sei von Frau Suter um halb zwölf angeblafft worden, weil sie dachte, er hätte ihre Katze entführt und ermordet.«

»Ja, und?«

»Erstens, er hat gelogen, was die Uhrzeit betrifft, denn zu diesem Zeitpunkt war Frau Suter längst mausetot. Zweitens, ich glaube, dass seine *Freundin* die Katze beseitigt hat. Siamkatzen sind ziemlich quengelig und laut. Als Nachbar kann einem das bestimmt den letzten Nerv oder gar den Schlaf rauben!«

»Wenn du das sagst ...« Bader mochte Lanz' Katzenkenntnisse nicht infrage stellen. Sie konzentrierte sich auf Lüthi.

»Er war nicht besonders auskunftsfreudig während der Vernehmung«, erinnerte sie sich. »Er schien tatsächlich etwas zu verbergen.«

»Exakt! Außerdem war der Katzenkadaver in ein Hello-Kitty-Frotteetuch gehüllt. Es *muss* also eine Frau, sprich Lüthis Freundin, gewesen sein. Nenn mir einen *einzigen* Mann, der zu Hause Hello-Kitty-Wäsche hat.«

»Nun ja, denkbar wär's ...«, sagte sie und grinste.

Lanz seufzte und schüttelte den Kopf.

»Bleib ernst, Jasi!«

Bader konnte sich eines Lachens nicht erwehren.

»Bist du fertig?«, keifte Lanz. »Das ist eine Mordermittlung, kein Theaterstück.«

»Schon gut, schon gut. *Humorloser* Tino.«

Er machte eine Grimasse und wandte sich zum Gehen.

»*Hello Kitty* ... Du hast schon recht, für einen Mann wie Lüthi eher ungewöhnlich.«

»Ungewöhnlich? Eher *ausgeschlossen!*«, sagte Lanz, sich dem Dienstwagen nähernd.

»Sagen wir's so: Vollprofis waren nicht am Werk. Das steht fest.«

Lanz stoppte und drehte sich zu seiner Kollegin.

»Genau. Erinnere dich, was Schneider gesagt hat: Die alte Dame hat sich zur Wehr gesetzt.«

»Und?«

Lanz legte seine Hände um Baders Hals. »Wie würdest du dich aus dieser misslichen Lage befreien?«

»Ich würde dir in die Eier treten!«

Lanz hob die rechte Augenbraue. »Du sollst dich in die Rolle einer alten, rundlichen *Dame* versetzen, Jasmin! Was würde *sie* tun?«

Bader ballte ihre Hände instinktiv zu Fäusten, riss ihre Arme mit einem Ruck nach oben und schmetterte damit Lanz' Würgegriff ab.

»Voilà! Damit hätte ich zwei wunderbare blaue Flecken an meinen Unterarmen kassiert!«

»Oder ein paar Kratzer, wenn ich dir die Fingernägel ins Fleisch gerammt hätte!«

»Sehr gut«, grinste Lanz. »Weißt du was? Als Lüthi sich während der Vernehmung die Stirn gerieben hat, ist mir unterhalb seines Handgelenkes ein Hämatom aufgefallen.«

»Weshalb bist du dir sicher, dass es vom Handgemenge mit Frau Suter stammt?«

»Instinkt!«

Bader nickte vielsagend.

»Fandest du es nicht merkwürdig, dass ein junger, gesunder Mann an einem sonnigen Tag wie heute ein langärmliges Shirt trägt?«, fragte Lanz.

»Nein, warum?«

»Na gut, du bist eine Frau und Frauen frieren eigentlich immer. Selbst bei plus fünfundzwanzig Grad!«

Baders Augen verengten sich zu Schlitzen.

»Ist doch wahr! Wir Männer können selbst im Winter T-Shirts tragen!«

»Das ist natürlich *sehr* verdächtig.«

Lanz überhörte den ironischen Unterton.

»Allerdings! Es lässt vermuten, dass Lüthi versuchte, mit seinem langärmeligen Shirt etwas an seinen Armen zu verstecken. Ich glaube jedenfalls nicht, dass es sich um ein schlecht gemachtes Tattoo handelte.«

»Wohl eher um blaue Flecken, Biss- oder Kratzspuren!«, dämmerte es Bader.

Lanz nickte zufrieden.

»Wir müssen Lüthi *und* seine Freundin verhaften!«

»Definitiv«, sagte Lanz, sich neben Bader ins Polizeiauto setzend.

»Willst du mir nicht danken, dass ich Lüthi heute aufs Revier gebeten und auf Abgabe seiner *Speichelprobe* bestanden habe?«

Bader schloss die Autotür und schüttelte amüsiert den Kopf. »Du Genie!«

Lanz grinste breit.

»Nenn mich *Sherlock*!«, zwinkerte er ihr zu.

Bader lachte und startete den Motor des Dienstfahrzeuges.

Die Weisheit

Die Zeit kennt alle Antworten.
(CG)

Verbundenheit

Bei Claras Großvater wurde Demenz in fortgeschrittenem Stadium festgestellt. Das war am dreiundzwanzigsten Dezember. Die Krankheit kam nicht überraschend, aber leise und schleichend. Sie nahm einer Frau den Vertrauten, einer Tochter den Vater, einer Enkelin den Ratgeber.

Demenz ist ein Scheusal. Es höhlt Menschen aus, macht sie zu Unbekannten, zu unfreiwilligen Sklaven. Demenz nimmt keine Rücksicht. Sie löscht nicht Unwichtiges unter Wichtigem. Sie löscht unkontrolliert, willkürlich, gemein. Es ist, als fehle einem Bild ständig ein Puzzleteilchen mehr. Unauffindbar, eingesaugt im Nichts.

So stellte sich Clara den Tod vor. Er klopft nicht an und fragt nicht um Erlaubnis. Er ist kalt und rücksichtslos. Er stiehlt den Lebenden das Leben. Doch manchmal, und nur manchmal, kündigt er sich in Krankheit an.

Der Tod hat indes seine eigenen Regeln. Er würfelt, entführt, befreit. Er spielt, zögert, verspätet sich, gewährt Aufschub – doch nur, um irgendwann, in einem unaufmerksamen Moment, das zu holen, was man am meisten liebt. Dabei schleicht er leisesohlig, heimtückisch, legt ein kaltes Tuch über die Auserwählten und zaubert hinfort, wer sie waren. Für immer.

Genauso war es bei Claras Opa.

Nachdem die Familie vom obligatorischen Hausräumen zurückgekehrt war, fand ihn Claras Mutter auf dem Sofa liegend. Er konnte nicht mehr allein wohnen. Blieb über Weihnachten bei ihnen, doch das Pflegeheim war schon informiert, ein Zimmer schon lange reserviert. Und nun, da es Zeit wurde, bald Abschied zu nehmen, bekam das Unwirkliche ein Gesicht.

Claras Mutter fasste sie an den Schultern, umarmte sie, zog sie nah an sich heran.

Clara spürte das Beben des mütterlichen Brustkorbes, fühlte, dass es nicht nur Mutters Augen waren, die weinten, sondern ihr ganzer Körper, der sich gegen die Wahrheit wehrte. Weinen war ansteckend.

Großvater wusste nichts davon, nicht von seinem baldigen Umzug, nichts davon, dass er langsam entschwand, und Clara fragte sich, was er überhaupt noch wusste. Er war beim Flackern der herunterbrennenden Weihnachtsbaumkerzen eingeschlafen und sie betrachtete ihn wehmütig. Der Großvater war äußerlich ein kräftiger, robuster Mann gewesen, innerlich mit einem großen, weichen Herz.

»Kannst du deine Stimme verstellen, wenn du die Geschichte liest, Opi?«

»Klar«, brummte der Großvater mit Paddingtons tiefem Brustton, sodass Clara sich ganz genau vorstellen konnte, wie der kleine Bär sich in der Menschenwelt zurechtfinden musste, sich mit allen anfreundete und kennenlernte, was man im und vom Leben wissen musste.

Großvater hatte immer Zeit gehabt, sie mit jemandem zu teilen.

»Sollen wir in den Wald gehen und Ausschau nach Eichhörnchen halten?«

»Ich hab' noch Hausaufgaben.«

Großvater zwinkerte ihr zu. »Dann später?«

Clara überlegte. »Wenn du's ihr nicht sagst …«

»… ich sag' deiner Mama bestimmt nichts«, schwor Opa.

»Die Eichhörnchen mögen ihre Nüsse am liebsten morgens und nachmittags, nicht wahr Opi? Für die Hausaufgaben habe ich auch später noch Zeit.«

»Gutes Kind! Lass uns gehen.«

Großvater redete nicht viel, er handelte.

Clara war sich sicher, dass er keine vielen Worte mehr brauchte, weil er alles Wesentliche in seinem Leben bereits gesagt hatte und deshalb nur noch sprach, wenn es etwas wirklich, wirklich Wichtiges zu erzählen gab.

»Es gibt eine Zeit des Handelns, des Redens und des Schweigens«, *hatte er sie einst ermahnt. »Die Lebensaufgabe besteht darin, her-* *auszufinden, wann es Zeit ist, das Richtige zu tun.«*

Am fünfzehnten Januar wurde Großvater ins Pflegeheim gebracht.
  Wieder wurde geweint, getrauert, umarmt und getröstet.
  Das neue Jahr hatte wahrlich keinen erfreulichen Start gewählt.
  Wie sollte es weitergehen? War Opas Verschwinden ein Zeichen dafür, dass es die restlichen dreihundertfünfzig Tage ebenso trostlos bleiben würde, oder war es Zeit für eine Wende?

»Probleme hat man nicht, Probleme schafft man sich. So ähnlich verhält es sich auch mit dem Glück, Clara. Warte nicht darauf, dass es vom Himmel fällt. Hol es dir!«

Diese Erinnerung brachte Clara zum Nachdenken.

Was tut eigentlich jemand, der weiß, dass er nur noch einen einzigen Tag zu leben hat?
  Ist er traurig, wütend, mutlos?
  Kann man das Leben überhaupt noch genießen, wenn man weiß, dass man morgen sterben wird und alle, die man liebt, verlassen muss?

Clara schauderte bei dem Gedanken, ihr Leben könnte auf einmal durch irgendein unvorhergesehenes Ereignis urplötzlich beendet werden.

»Du weißt, dass ich krank bin, nicht wahr, Clara? Ja, du bist ein kluges Mädchen. Aber es ist Zeitverschwendung, ständig deprimiert zu sein. Man muss das Leben leben, etwas unternehmen, Leute treffen, Orte besuchen, Neues sehen! Kein Warten, kein Jammern, keine Angst! Man muss die Zeit nutzen, die einem bleibt!«

Clara war beflügelt, auf einmal voller Tatendrang. Günstig, denn es war Samstag, ein Tag, der sich hervorragend fürs Auskundschaften und Entdecken anbot.

Opa, ich bin bereit für etwas Neues!

Dieses Wochenende schien Einmaliges, Einzigartiges bereitzuhalten. Claras Entschluss stand fest: Sie würde heute tun und lassen, wozu sie gerade Lust hatte.

Das Wetter war prächtig. Der Himmel klar und blau. Die Sonnenstrahlen zauberten ein Glitzern auf den gefrorenen Schnee, der die Straßen säumte und Vorgärten in Tiefschlaf versetzt hatte.

Clara nahm sich eine Handvoll frostiges Weiß und formte es zu einer tennisballgroßen Kugel. Winzige Eiskristalle hefteten aneinander, entstanden aus Wassermolekülen.

Schneekristalle leben und wachsen. Als dünne Eisplättchen, die die Form eines sechsseitigen Prismas aufweisen, setzen sie beim Wachsen symmetrische Anlagerungen an den sechsseitigen Eiskristallen an. Individuelle Schneesterne, von welchen kaum einer dem anderen gleicht, entstehen durch das Abschmelzen und Wiederanwachsen.

Komisch, woran man sich erinnert!

Clara warf den Schneeball in hohem Bogen über den nächsten Gartenzaun.

Er traf einen kahlästigen Baum, an dem ein Vogelhäuschen hing. Die Spatzen, die sich um die besten Körner und Kerne gestritten hatten, stoben auseinander.

Clara kicherte und schüttelte die vor Kälte rot gewordenen Hände, ließ die klammen Finger rasch in den wärmenden Jackentaschen verschwinden.

Der Bus, der in diesem Augenblick angerollt kam, brachte sie in die Stadt.

Alle Sitze bis auf zwei waren besetzt. Clara entschied sich für einen Stehplatz und beobachtete die Leute. Sie war gerne Beobachterin und versuchte spaßeshalber, Gesichter der Fahrgäste zu lesen und Charakterzüge zu deuten.

Das ist spannend!

Sie schaute sich um und entdeckte eine alte Frau, die unweit ihres Stehplatzes einen Sitz ergattert hatte. Die Gesichtszüge der mageren Frau waren hart, kantig, die Haut schlaff und faltengefurcht, das ergraute Haar trug sie hochgesteckt. Dunkle Augen lagen in tiefen Höhlen, die Mundwinkel zeigten nach unten. Auf dem Schoß wippte ein großer Plastikkorb, überfüllt mit leeren und zertretenen PET-Flaschen.

Wie alt sie wohl ist? Was hat sie wohl schon alles erlebt?

Die alte Frau schaute Clara mit müden Augen an.

Ob sie mit ihrem Leben zufrieden ist? Sie sieht traurig aus.

Das Mädchen schenkte der Unbekannten ein schüchternes Lächeln. Die Frau erwiderte es nicht. Ihr Blick war matt und ausdruckslos. Rasch wandte sie das Gesicht ab und schaute teilnahmslos zum Fenster hinaus.

Unfreundlich!

Clara war enttäuscht, zuckte mit den Schultern.

Vielleicht mag sie ja keine jungen Leute.

Der Bus rumpelte, ruckelte und Clara musste sich an einer Sitzlehne festhalten, um nicht hinzufallen. *PROMENADENPLATZ* zeigte die rote Leuchtschrift auf dem Monitor, der an der Rückseite jener Glaswand befestigt war, die den Buschauffeur von den Fahrgästen trennte.

Die Türen sprangen auf, Leute erhoben sich aus den Sitzen.

Clara reagierte rasch und hangelte sich als Erste zum Ausgang. Sie trat auf den Gehsteig hinaus. Die nachfolgenden Menschen drängten sich an ihr vorbei, stießen sie zur Seite. Jemand trat ihr auf den Fuß.

»Au!«, reklamierte Clara und sah sich nach dem Schuldigen um. Zwecklos. Wieder wurde sie geschubst.

»Halt! Warten Sie!«, rief sie einem jungen Mann nach, der sich verdächtig schnell entfernte. »Moment, *hey*, ich spreche mit Ihnen!«, schalt sie ihn in der Hoffnung, eine Geste der Entschuldigung zu erhalten, doch der Eilige überhörte Claras Rufe großzügig.

Einige Anwesende hatten die Szene amüsiert mitverfolgt, andere sahen sich nach dem Mädchen um, tippten sich kopfschüttelnd an die Stirn und gingen weiter.

»Das ist unfair!«, beschwerte sich Clara und zog eine Grimasse.

»Geh zum Psychiater!«, spottete eine Gruppe Jugendlicher und entfernte sich grölend.

Clara sah ihnen beschämt nach.

»Sei nicht traurig«, sprach jemand freundlich, »es gibt einfach Leute, die keinen Anstand mehr besitzen. Eigentlich ein Jammer.«

Clara drehte sich um.

Ein älterer Herr stand vor ihr, mit breitrandigem Hut, dunkelblauem Schal und sandfarbenem Mantel. Das war das Erste, was Clara auffiel.

»Schade«, sagte der gut Gekleidete, »heutzutage haben es alle eilig und kaum noch jemand findet Zeit für ein Schwätzchen.«

»Ich ... habe Zeit!«, sagte Clara.

»Tatsächlich?«, lächelte der Alte. »Das ist schön. Ich wollte gerade einen Spaziergang machen. Wie wäre es, wenn du mich begleiten würdest? Wir könnten Gedanken austauschen.«

»Okay«, sagte Clara arglos und begleitete den alten Herrn.

In stillem Einvernehmen gingen sie eine ganze Weile nebeneinanderher. Der Weg, den sie gewählt hatten, führte über die Straße, an der großen Kreuzung vorbei, hinunter an die Seepromenade. Eine dicke Eis- und Schneedecke lag über dem Wasser und bettete es in Winterschlaf. Es sah friedlich aus.

»So hat es hier vor rund sechzig Jahren das letzte Mal ausgesehen!«, erinnerte sich der alte Mann. »Damals bin ich als Kind mit meinen Eltern hergekommen, um Schlittschuh zu laufen. Ja, das ist lange her«, seufzte er. »Trotzdem erinnere ich mich noch gut daran. Es war eine schöne Zeit.«

Seine Augen schweiften über den zugefrorenen See.

»Meine Mutter hat immer tolle Ausflüge mit mir und meinem Bruder unternommen. Mein Vater ist leider früh verstorben, aber meine Eltern waren großartige, liebevolle Menschen, die sich viel Zeit für uns genommen haben. Ich glaube, das können heute nicht mehr viele Jugendliche behaupten.«

Clara schwieg.

Sie dachte an ihre beste Freundin, deren Eltern geschieden waren und an eine Klassenkameradin, die, seitdem ihr Vater wieder geheiratet hatte, sich die Unterarme ritzte.

»Ich war jahrelang bei einer Versicherung beschäftigt«, erzählte Claras Begleitung weiter. »Aber im Sommer vor drei Jahren bin ich in Rente gegangen. Ein seltsames Gefühl, nicht mehr arbeiten zu dürfen.«

»Sind Sie denn nicht froh, dass Sie endlich … frei sind und das tun können, was Sie wollen?«

Der alte Mann lächelte geheimnisvoll. »So einfach ist das nicht.«

»Vermissen Sie Ihre Arbeit?«

»Ja, das tue ich«, gab er wehmütig zu. »Sie war mein *Leben*. Freizeit gab es kaum.«

Das konnte sich Clara nur schwer vorstellen.

»Haben Sie denn keine Hobbys?«

»Hobbys? Nein. Ich dachte immer, wenn ich pensioniert bin, dann mache ich alles, was ich jahrelang nicht tun konnte: wandern, angeln, kegeln und mit meiner Frau verreisen zum Beispiel. Aber jetzt, wo ich Zeit dazu hätte, habe ich keine Lust mehr. Meine Frau ist letztes Jahr gestorben.«

»Oh … das tut mir leid.«

Der Mann nickte.

»Haben Sie keine Kinder … oder Freunde, die Sie besuchen könnten?«

»Ich habe einen Sohn, aber der lebt im Ausland. Und Freunde? Nein, Freunde habe ich keine.«

Ist es möglich, dass jemand ganz allein auf der Welt ist, verlassen von der Familie und ohne einen einzigen Freund? Gibt es das?

Clara schaute den alten Herrn mitleidvoll an. Er war ihr sympathisch, schien aufrichtig. Weshalb bloß gab es keine Menschen, mit denen er befreundet war?

Clara beobachtete ihn verstohlen, möglichst unaufdringlich, und folgte dem alten Herrn, der sich mit langsamen Schritten auf dem verschneiten Gehweg vorwärts schob.

»Frostig heute, nicht wahr?«, sagte er und erhielt Claras stummes Nicken als Antwort.

»Möchtest du dich bei einem heißen Tee oder einer Tasse Kakao etwas aufwärmen? Ich wohne nur zwei Straßen weiter.«

Clara hatte keinerlei Einwände.

»Ja gern«, erwiderte sie, »das wäre nett.«

Das kleine Haus war erdbraun und stand an hervorragender Lage. Von der Dachterrasse aus hatte man einen atemberaubenden Ausblick auf den See und die Alpen. Clara stand am Geländer und genoss das Panorama.

»Gefällt es dir?«, interessierte sich der Gastgeber und reichte ihr Kakao.

Clara bedankte sich artig und führte die heiße Tasse vorsichtig zum Mund.

»Phänomenal!«

»Da du nun aus einer meiner Tasse trinkst und ich dich in meinem Haus willkommen geheißen habe, würde ich natürlich gerne erfahren, wie der Name meiner Besucherin ist. Ich heiße Jakob«, sagte der alte Herr.

Er hatte auf einem gepolsterten Stuhl neben dem runden Balkontischchen Platz genommen und begonnen, eine Pfeife zu stopfen. Auf dem Tischchen neben dem Aschenbecher dampfte eine Tasse Tee.

»Ich heiße Clara«, sagte das Mädchen, die Kakaotasse umklammernd, um die kalten Hände daran zu wärmen.

»Ein schöner Name.«

»Finden Sie?« Clara rümpfte die Nase.

»Natürlich. Du nicht?«

Clara schüttelte den Kopf.

»Ich würde lieber Laura, Jessica oder … Céline heißen.«

»Wieso denn?«

»Ich weiß nicht«, sagte sie und hob die Schultern. »Clara klingt irgendwie … *altmodisch*. Es passt gar nicht zu mir.«

»Ach was«, winkte der alte Herr ab, »ob modern oder nicht, das spielt doch gar keine Rolle.«

Clara zuckte mit den Schultern.

»Steh zu deinem Namen! Er ist hübsch und viele berühmte Frauen haben ihn getragen.«

»Tatsächlich?«

»Oh ja! Klara von Assisi zum Beispiel oder die wunderbare Clara Schumann, die eine bedeutende Pianistin war. Sie und viele andere Frauen waren wichtig für ihre damalige Zeit, haben sie mitgeprägt. Das ist bemerkenswert.«

Er sog an seiner Pfeife und beobachtete das Mädchen aus den Augenwinkeln.

Clara schien sichtlich beeindruckt, nachdem sie erfahren hatte, dass sie ihren vermeintlich ordinären Vornamen nun plötzlich mit einigen Berühmtheiten teilte.

Jakob schmunzelte und fuhr fort: »Diese Frauen haben dank ihres Ehrgeizes, der inneren Überzeugung und eines eisernen Willens Großartiges geleistet und viel erreicht. Das haben sie zustande gebracht, weil sie fest daran geglaubt haben, etwas bewirken zu können. Weißt du, manchmal braucht es Mut zur Veränderung. Diese Frauen hatten Mut. Und du, was ist mit dir?«

»Ich ... weiß nicht. Ich glaube schon.«

»Die Welt braucht starke Persönlichkeiten, gute Menschen«, sagte Jakob. »Der Optimismus und der feste Glaube an die eigenen Fähigkeiten und daran, dass man alles erreichen kann, wenn man es versucht, das sind sehr wichtige Eigenschaften.«

Clara hörte aufmerksam zu.

»Ich meine, wenn man selbst die Wahrheit kennt und weiß, wer man ist, dann braucht es einen nicht zu kümmern, was andere Leute für die Wahrheit halten und über einen denken. Verstehst du?«

Clara nickte zustimmend.

»Ich will damit sagen, dass es nicht relevant ist, was oder wer man zu sein scheint oder wie man heißt, sondern dass es wichtig ist, was man tut und aus seinen Talenten macht.«

»Sowas Ähnliches hat mein Großvater auch immer gesagt«, sagte Clara, die noch immer mit einer Tasse Kakao vor ihm stand, eingehüllt in eine dicke Sportjacke, deren Ärmel bis zu den Fingerspitzen reichten, und mit engen Jeans, die fest in die wadenhohen Winterstiefeletten gestopft waren.

Clara mochte diesen alten Herrn.

Eine großväterliche, liebenswerte Aura umgab ihn, die sich vertraut anfühlte und sie gleichsam betrübte.

Sie pustete den noch immer heißen Kakao kühler.

»Etwas Warmes, das tut gut, nicht wahr?«

»Mhm.«

Jakob stopfte seine Pfeife erneut.

Clara mochte den Geruch des Tabaks. Er erinnerte sie einmal mehr an ihren Großvater. Das war anheimelnd.

»Darf ich Sie etwas fragen?«

»Nur zu.«

»Wie ist es eigentlich, alt zu sein?«, fragte sie unverblümt und entlockte Jakob damit ein kurzes, kehliges Lachen.

»Du findest also, dass ich alt bin?«

Clara errötete.

»Ich meine ...«

»Kein Grund, sich zu rechtfertigen, Kindchen«, unterbrach er.

»Das ist eine interessante Frage.«

Jakobs Stirn legte sich in Falten.

»Wie ist es, alt zu sein?«, wiederholte er und blies Rauchkringel in die Luft.

»Ich weiß keine Definition«, sagte er nach einer Denkminute, »aber das Leben wird zweifellos ruhiger. Ich habe es jedenfalls nicht mehr so eilig.«

»Sie möchten also nicht mehr jung sein?«

»Nein, das kann ich mit gutem Gewissen behaupten. Es hat seinen Sinn, dass man älter wird.«

»Man darf dann rauchen ... und Auto fahren.«

»Das auch«, lachte Jakob, »und man lernt, wird hoffentlich im Laufe der Jahre klüger und realisiert, dass man nur wertvolle Zeit vergeudet, wenn man die Naturgesetze zu ignorieren versucht.«

»Was meinen Sie damit?«

»Heutzutage kann man vielleicht das Alter optisch hinaus-zögern, vielleicht auch mit Tabletten hinausschieben, aber es verschleiert nur und kann nicht verhindern, dass der Körper trotzdem altert. Das ist das Gesetz des Lebens.«

Clara machte ein missmutiges Gesicht. Sie hatte schon oft darüber nachgedacht, weshalb Frauen wie Tante Barbara sich regelmäßig Botox in die Stirn spritzen ließen oder ihre vier-undzwanzigjährige Cousine sich die Nase hatte verkleinern und die Brüste vergrößern lassen. Die eine wollte jünger aus-sehen, die andere älter.

Verrückt!

Clara setzte sich auf den leeren Balkonstuhl, Jakob schräg ge-genüber.

Er lächelte, blies den Pfeifenrauch in die Luft.

»Weißt du«, sagte er, »das Leben ist eigentlich wunderbar. Gleichzeitig ist es furchtbar und anstrengend. Man liebt es und man hasst es zugleich. So ist das wohl.«

»Hat Sie denn das, was sie erlebt haben, verändert?«

»Bestimmt sogar«, sagte Jakob nickend, »hoffentlich! Es gibt doch keine schlimmere Beleidigung als jene, wenn jemand nach Jahren zu einem sagt: *Du hast dich gar nicht verändert.* Vielleicht meint man damit in erster Linie das Äußere, das sich ab einem bestimmten Alter kaum mehr wandelt. Die Haare werden zwar etwas grauer, die Haut etwas faltiger, aber im Grunde ist man doch immer man selbst. Beträfe es hingegen den Charakter, so wäre das schrecklich!«

Er machte eine Pause und sog an der Pfeife.

»Das Älterwerden hat sein Gutes. Ich bin nicht mehr so hitz-köpfig wie früher.«

Clara wurde hellhörig.

»Ich habe als Jugendlicher viel Unsinn angestellt. Heute kann ich darüber schmunzeln, aber meiner lieben Mutter habe ich viel Kummer bereitet. Das tut mir im Nachhinein leid.«

»Würden Sie es trotzdem wieder tun?«

»Nicht alles, nein. Aber es war lustig, die Fische aus dem Teich unseres Nachbarn zu angeln und sie heimlich am Seeufer über offenem Feuer zu braten. Das war frech, aber das war es wert.« Er grinste verschmitzt.

Clara kicherte und stellte sich vor, wie der Nachbar am leeren Teich stand und nach Fischen Ausschau hielt, die längst im Magen von Jakob gelandet waren.

»Jungsein ist anstrengend. Man sucht nach so vielem. Zuerst nach sich selbst, dann nach einer Arbeit, dann nach der großen Liebe, dann nach dem nächsten großen Abenteuer ... und so weiter. Für viele bleibt das Leben eine ewige Suche.«

»Haben Sie denn alles gefunden, wonach Sie gesucht haben?«

»Nein. Ich habe nicht gesucht, ich habe mich finden lassen und Zeit darauf verwendet, glücklich und dankbar zu sein.«

»Sie wollen damit sagen ... das Glück hat Sie gefunden?«

Jakob lächelte vielsagend.

»Ja, so könnte man es auch beschreiben.«

»Das kann doch nicht so einfach sein. Warum sind denn so viele Menschen unglücklich?«

»Weil man glaubt, sich ständig vergleichen und beweisen zu müssen. Mit der Zeit merkt man, dass das völlig unnötig ist. Ich habe erkannt, dass man nicht immer tun und lassen kann, was einem beliebt. Man muss sich auch anpassen können. Und eines ist ganz wichtig: Man sollte die Energie, die man hat, nicht darauf verwenden, sich über Kleinigkeiten aufzuregen. Man darf sich nicht ständig ärgern, das ist ungesund. Und man sollte niemanden hassen, der einem im Grunde gleichgültig ist. Man sollte sich vielmehr Zeit für jene Menschen nehmen, die einem nahe sind, sollte sie gut behandeln und wissen lassen, dass man sie liebt.«

Clara knabberte an ihren Fingernägeln. Das tat sie immer, wenn sie nervös war oder ein schlechtes Gewissen hatte. Nun fragte sie sich, ob es richtig gewesen war, Gott einen Vorwurf zu machen, weil er ihr den Großvater genommen hatte.

»Sind Sie ... mit Ihrem Leben zufrieden? Ich meine, glauben Sie, dass es für Sie ... erfüllend gewesen ist?«

»Du sprichst ja so, als ob es schon zu Ende wäre«, sagte Jakob und lachte.

Das Mädchen schaute verlegen zu Boden.

»Ich wollte nicht ...«

»Schon gut«, beteuerte er, »ich verstehe deine Frage durchaus. Ich will nur sagen, man denkt nicht den ganzen Tag ans Sterben, bloß weil man zwei Drittel seines Lebens bereits hinter sich hat. Mein letzter Tag wird irgendwann kommen, das ist unvermeidbar. Aber sich deshalb Sorgen zu machen und dauernd daran zu denken, das ist Unsinn. Man könnte leicht die Sicht für das Wesentliche verlieren.«

»Was ist denn ... das *Wesentliche*?«

»Ich will es so erklären«, sagte Jakob, »ein kluger Mensch hat einmal gesagt: *Die wahre Lebensweisheit besteht darin, im Alltäglichen das Wunderbare zu sehen.* Das mag wohl heißen, dass auch Kleinigkeiten, die für uns selbstverständlich geworden sind, ein Geschenk sind. Man sollte sie würdigen und schätzen.«

Clara sah ihn etwas ungläubig an, sodass er sich verpflichtet fühlte, eine Erklärung abzugeben. »Gewiss hältst du mich für einen Moralapostel oder einen alten Romantiker, nicht wahr? Aber damit hat es nichts zu tun. Sondern mit Dankbarkeit. Ich glaube wirklich, dass das Leben ein Geschenk ist. Man darf es nicht ausbeuten. Nichts bleibt ohne Konsequenzen. Leider scheinen das nicht alle Menschen zu begreifen, nicht einmal die älteren. Das ist schade. Demut ist wichtig. Sie lehrt die Menschen, sich selbst nicht allzu wichtig zu nehmen.«

Er machte eine Pause und versuchte, im Gesichtsausdruck des Mädchens zu lesen, ob es sich langweilte. Was er erkannte, freute ihn, denn Clara schien an seinen Lippen zu hängen und seinen Worten zu lauschen.

»Ich glaube, das Leben ist viel schöner, wenn man alt ist«, war Clara überzeugt, »weil man es dann versteht.«

»Nicht das Alter entscheidet darüber, ob man verstanden hat, was im Leben wichtig ist, Clara. Unsere Erfahrungen und die Gespräche mit anderen sind es, die es uns lehren«, erklärte Jakob.

Clara schwieg andächtig.

Sie betrachtete den alten Herrn voller Bewunderung. Er strahlte eine Gelassenheit aus, die sie beruhigte, genauso, wie sie es von ihrem Großvater kannte.

Jakob war groß gewachsen, genau wie Großvater, besaß diese tiefblauen Augen und kantige Gesichtszüge. Gewiss hatte Jakob früher regelmäßig Sport betrieben. Er war schlank und trug trotz des Winters eine gesunde Bräune. Einzig das kräftige Haar, welches einst dunkelbraun gewesen sein musste, war mit den Jahren ergraut.

»Was macht einen … eigentlich glücklich?«, fragte Clara leise und blickte Jakob erwartungsvoll an.

»Nun, vielleicht ist es die Zufriedenheit und Gewissheit darüber, mit sich selbst, den Mitmenschen und der Welt im Reinen zu sein. Und natürlich die Liebe. Liebe geben zu dürfen und geschenkt zu bekommen, *das* ist Glück.« Er blickte verklärt in die Ferne. »Und da wäre noch etwas«, fügte er hinzu, »wenn man sich im Alter gesund und agil nennen darf, dann hat man wirklich *wertvolles* Glück erfahren. Der Alltag ist nämlich wesentlich angenehmer, wenn man gesund ist.«

»Was ist mit *Ihnen*? Sind Sie glücklich?«

»Ja und nein«, antwortete er und räusperte sich. »Ich habe festgestellt, dass man meistens dann glücklich ist, wenn man gar nicht weiß, dass man es ist. Wenn man sein Glück realisiert, versucht man es festzuhalten und macht sich damit unglücklich. Man darf nichts erzwingen. Es schadet dem Unbeschwertsein.« Er sah in die Ferne. Die Alpen lagen gerade in herrlichem Licht, umgeben von zartem Gelb und Orange.

»Ich *war* einmal sehr glücklich«, sagte Jakob mit wesentlich tieferer, ernster Stimme, »aber seitdem ich allein bin, fällt es mir manchmal schwer, die langen Tage zu genießen. Das Leben ist eben freudloser, wenn man allein ist«, sagte er mit einem sehnsüchtigen Blick.

»Was vermissen Sie am meisten?«

»Meine Frau, und auch mein Sohn fehlt mir sehr. Ich bin oft … nun ja«, räusperte er sich, »das macht mich manchmal traurig.« Eine kurze Pause entstand.

»Es ist nicht gut, einsam zu sein«, ergänzte er mit verlegenem Lächeln. »Man wird mit der Zeit recht wunderlich, und Freunde findet man in meinem Alter nicht mehr. Freunde werden höchstens *mit* einem alt.«

»Tun Sie denn nichts gegen das Alleinsein?«

»Doch, doch. Ich versuche es. Ich gehe spazieren oder schalte das Radio ein, um die Stille nicht mehr zu hören.«

Wie kann man die Stille hören?

»Haben Sie wirklich *keine* Bekannten?«, fragte Clara.

»Kaum.«

»Niemanden, mit dem Sie gerne Karten spielen oder ins Restaurant gehen?«

Er schüttelte den Kopf. »Ich bin kein Wirtshausgänger. Abgesehen davon, nicht alle alten Männer zieht es am Wochenende ausgerechnet an den Stammtisch.« Er zwinkerte ihr zu.

Clara biss sich auf die Lippen.

Jakob schmunzelte und nahm einen letzten Schluck aus seiner Teetasse.

»Was ... machen Sie sonst so?«, wollte Clara wissen.

»Ich lese viel, höre Musik. Das tut mir gut.«

»Und was ist mit den Menschen? Mögen Sie die nicht?«

»Doch. Es ist nur schwierig, gute Gesprächspartner zu finden. Viele Leute in meinem Alter klagen lieber über ihre Gebrechen als über das Weltgeschehen und die Philosophie, und die jungen Leute wollen mit einem wie mir nichts zu tun haben. *Du* hingegen bist eine löbliche Ausnahme!« Er schenkte Clara ein Lächeln.

»Aber die meisten Jugendlichen suchen verständlicherweise die Gesellschaft Gleichaltriger. Du siehst, es ist nicht einfach. Nein, leicht ist es nicht.« Schwermütig inhalierte er den Pfeifenrauch.

»Warum haben Sie früher keine Freundschaften gepflegt? Sind Sie denn nie ... beim Fußball oder in einer Disco gewesen?«

»Das war mir nie wichtig. Ich hatte ja meine Arbeit. *Sie* war eine gute Freundin. Und natürlich meine Frau. Sie war der Mittelpunkt meines Lebens.« Seine Augen begannen zu glänzen. Er nahm ein Taschentuch aus der Hosentasche und schnäuzte sich.

Clara beugte sich etwas nach vorn und sagte mit fester Stimme: »Ich kann noch eine Weile bleiben, und … künftig mittwochnachmittags vorbeikommen, wenn Sie das möchten.«

»Ja?«

»Ja«, sagte Clara und rückte ihren Stuhl an Jakobs Seite.

Jakobs Geschichten waren so lebendig, vollgepackt mit Bildern, dass Clara zu sehen verstand.

Seine Erzählungen waren spannend, lustig, tragisch, erheiternd – und es waren Momente wie damals mit dem Großvater, als er es war, der ihr Geschichten aus alten Tagen erzählte. Diese Nähe, diese Vertrautheit, das hatte sie vermisst und nun wiedergefunden.

»Die Lebensaufgabe besteht darin, herauszufinden, wann es Zeit ist, das Richtige zu tun.«

Clara wusste nun, was das bedeutete.

»Man sollte seine Lebenszeit nicht vergeuden! Man sollte so leben, dass man am Ende nichts zu bereuen, nichts zu bedauern hat. Es ist nicht wichtig, besser, schneller, schöner oder erfolgreicher als andere zu sein, sondern kostbare Stunden mit Menschen zu verbringen, die einem Geborgenheit geben. Das ist es, was einen glücklich macht: nicht allein sein zu müssen.«

Clara war an diesem Samstag glücklich und dafür war sie ihrem Großvater und Jakob dankbar.

EIN HERZ FÜR AUTOREN A HEART FOR AUTHORS À L'ÉCOUTE DES AUTEURS MIA KAPΔIA ΓIA ΣYΓ
ΓIA FÖR FÖRFATTARE UN CORAZÓN POR LOS AUTORES YAZARLARIMIZA GÖNÜL VERELIM S
RTE PER AUTORI ET HJERTE FOR FORFATTERE EEN HART VOOR SCHRIJVERS TEMOS OS AU
ΔOINKÉRT SERCE DLA AUTORÓW EIN HERZ FÜR AUTOREN A HEART FOR AUTHORS À L'ÉCO
ΛO BCEЙ ДУШОЙ K ABTOPAM ETT HJÄRTA FOR FÖRFATTARE À LA ESCUCHA DE LOS AUT
MIA KAPΔIA ΓIA ΣYΓΓPAΦEIΣ UN CUORE PER AUTORI ET HJERTE FOR FORFATTERE EE
ΔOINKÉRT SERCE DLA AUTORÓW EIN HERZ F
OS IS CONΠΛO BCEЙ ДУШОЙ K ABTOPAM ETT HJÄRTA F

Die Autorin

Christina Gasser wurde 1975 in Grenchen in der
Schweiz geboren. Sie ist ausgebildete Kindergärtnerin, Lehrerin und Dyskalkulie-Therapeutin und
arbeitet seit 2006 als Heilpädagogin in Funktion
einer Klassenlehrperson im Kanton Solothurn.
Nebenberuflich widmet sich Christina Gasser dem
Schreiben von Prosa. Sie hat seit 2001 bereits
ein Musical, einige Kurzgeschichten und Roma-
ne veröffentlicht, unter anderem das mit dem
Solothurner Förderpreis datierte Werk „Tag der
Vergeltung".

novum VERLAG FÜR NEUAUTOREN

Der Verlag

Wer aufhört besser zu werden, hat aufgehört gut zu sein!

Basierend auf diesem Motto ist es dem novum Verlag ein Anliegen, neue Manuskripte aufzuspüren, zu veröffentlichen und deren Autoren langfristig zu fördern. Mittlerweile gilt der 1997 gegründete und mehrfach prämierte Verlag als Spezialist für Neuautoren in Deutschland, Österreich und der Schweiz.

Für jedes neue Manuskript wird innerhalb weniger Wochen eine kostenfreie, unverbindliche Lektorats-Prüfung erstellt.

Weitere Informationen zum Verlag und seinen Büchern finden Sie im Internet unter:

w w w . n o v u m v e r l a g . c o m